Le Livre de Poche Jeunesse

LA CITÉ INTERDITE

LUC BESSON

LA CITÉ INTERDITE

ARTHUR
TOME 2

D'après une idée originale
de Céline Garcia

1

Le soleil descend progressivement à l'horizon, histoire de nous libérer de sa chaleur. Il sait bien que personne ne pourrait supporter son ardente flamme à longueur de journée.

Le chien Alfred ouvre un œil. Une petite brise vient de lui signaler que la température est enfin tolérable. Il se lève doucement, étire ses pattes, quitte le coin d'ombre qu'il s'était trouvé et part à la recherche d'un coin d'herbe resté frais, où il pourrait marquer son territoire. Il prétend choisir un angle de maison, mais ça fait longtemps que celui-ci est jauni par son marquage.

Posé sur la haute cheminée, un jeune épervier observe les alentours. Il ne semble craindre ni la chaleur ni personne. Pas même le chien qu'il voit traverser le jardin, les pattes encore engourdies par le sommeil.

Le rapace le suit de son regard perçant. Quelques secondes seulement.

Le temps de s'apercevoir que la proie est trop grosse. Il tourne négligemment la tête et cherche une autre victime.

La maison aussi a subi, toute la journée, les assauts de l'été et les portes en bois, ainsi que les tuiles, crépitent de partout.

Des petits claquements secs, réguliers, comme des notes de musique, couchées par le soleil.

Il aura embêté tout le monde aujourd'hui, le soleil, et il serait temps qu'il aille se coucher.

D'ailleurs, l'épervier semble le lui signaler, en poussant un petit cri. Un cri rauque et puissant, un cri désagréable qui réveille la grand-mère.

Elle s'était assoupie sur le canapé, au milieu du salon.

Il faut dire qu'entre la fraîcheur de la pièce et le tic-tac hypnotisant de la grosse pendule, il est pratiquement impossible de résister à l'appel de la sieste.

Rajoutez à cela deux grillons qui se répondent et vous dormez jusqu'au soir.

Mais l'épervier a réveillé la grand-mère, presque en sursaut.

Elle s'emmêle un peu dans la cretonne, posée sur le rebord du canapé.

Elle a dû tirer dessus pendant son sommeil et s'en servir comme d'une couverture.

La mamie retrouve peu à peu ses esprits, et

remet la cretonne bien en place, comme si elle ne voulait laisser aucune trace de sa sieste imprévue. Comme si s'assoupir, dans de telles circonstances, relevait de l'inconscience.

D'ailleurs, les circonstances lui reviennent à l'esprit. Arthur son petit-fils unique et adoré. Son petit-fils disparu, tout comme son mari, quatre ans plus tôt.

Tout comme son mari, dans le jardin. Tout comme son mari, à la recherche d'un trésor.

Elle a eu beau fouiller le jardin de fond en comble, désosser la maison, hurler sur toutes les collines avoisinantes, elle n'a trouvé aucune trace de son petit Arthur.

Elle ne voit guère qu'une solution : les extraterrestres. De grands bonshommes verts, venant du ciel avec leur soucoupe, et enlevant son petit-fils.

L'enlèvement lui paraît presque certain. Comment ne pas désirer ce petit bonhomme adorable qu'on aimerait serrer dans ses bras à longueur de journée !

Cette petite tête blonde, hirsute, et ses deux grands yeux noisette qui s'étonnent de tout. Cette petite voix de bébé, aussi douce et fragile qu'une bulle de savon. Arthur est bien le plus beau des trésors, et la grand-mère se sent dévalisée. Elle retient à peine une larme qui coule sur sa joue.

Devant une tristesse aussi profonde, même la pudeur disparaît.

Elle regarde un instant le ciel, à travers la vitre. Il est d'un bleu uniforme et désespérément vide. Aucune trace d'extraterrestre.

Elle pousse un long soupir et semble progressivement se faire une raison.

Elle regarde autour d'elle, cette maison muette, incapable de la renseigner.

— Comment ai-je pu m'assoupir ? se demande-t-elle, en se frottant les yeux.

Heureusement que cet épervier était là pour la réveiller.

Mais le but du jeune rapace n'était pas uniquement de tirer la grand-mère de son sommeil, et le voilà qui crie encore.

La mamie a dressé l'oreille. Elle est prête à tout prendre pour un signe du destin, pour une marque d'espoir.

Avec son regard perçant et son ouïe fine, l'épervier a forcément vu ou entendu quelque chose. Elle en est persuadée et elle n'a pas tout à fait tort.

L'animal envoie effectivement des signaux et prévient on ne sait qui.

Il a vu et entendu quelque chose, avant même qu'on puisse le voir à l'horizon.

Cette chose est une voiture. Un halo de poussière l'accompagne, que le soleil s'amuse à faire scintiller. Le son ne nous parvient pas encore.

L'épervier, toujours posé sur la cheminée,

scrute la voiture comme s'il était équipé d'un radar.

La grand-mère s'est redressée doucement dans son canapé. Elle a beau tendre l'oreille, elle n'entend toujours rien. Ou très peu. Une rumeur lointaine peut-être.

L'épervier pousse deux petits cris, comme s'il se renseignait sur le nombre de personnes à bord de la voiture.

Le bruit rauque et pourri du moteur se fait maintenant entendre, malgré la brise légère qui semble l'éloigner.

L'épervier décide alors de s'en aller, ce qui n'est pas bon signe.

Il voit et entend avant tout le monde. Aurait-il aussi senti le désastre qui s'avance inexorablement vers la maison ?

La voiture disparaît un instant derrière un talus trop petit pour qu'on l'appelle colline et trop grand pour qu'on le traite de dos-d'âne.

La grand-mère s'éclaircit un peu la gorge, comme pour rompre ce silence devenu pesant. La rumeur qu'elle croyait entendre a de nouveau disparu.

Elle tourne doucement la tête, comme on tourne une parabole pour mieux capter un signal.

La voiture apparaît à nouveau, déboulant de derrière le talus, la calandre en avant, exhibant ses vieux chromes.

Le bruit du moteur inonde instantanément la

propriété et les arbres se renvoient en écho l'horrible crépitement.

La grand-mère sursaute et se lève tout à coup. Plus de doute à avoir, l'épervier lui envoyait bien un signal. La mamie s'arrange, défroisse sa robe, rajuste la cretonne et s'affole en cherchant les patins.

Le bruit de la voiture semble envahir le salon, et les graviers qui s'entrechoquent font l'effet d'un engin qui vient d'atterrir devant la maison.

La grand-mère abandonne ses recherches et se dirige vers la porte sur un seul patin, ce qui lui donne la démarche d'un vieux corsaire à la jambe de bois.

Le moteur s'arrête, soulageant tout le monde.

La porte de la voiture couine comme une vieille belette, et deux chaussures de cuir usé viennent s'enfoncer dans le gravier.

Rien de bon en perspective, l'épervier a bien fait de partir.

La mamie parvient jusqu'à l'entrée et se bat avec la clé.

— Mais pourquoi diable ai-je donc fermé cette porte à clé ? se demande-t-elle en grommelant, tête baissée, sans même apercevoir les deux silhouettes que le soleil dessine derrière la porte.

La clé râle un peu mais finit par tourner en rond dans la serrure et libérer la porte.

La grand-mère est tellement surprise par ce

qu'elle voit qu'elle ne peut s'empêcher de pousser un petit cri. D'horreur assurément.

Pourtant, le couple souriant qui se trouve sur le palier n'a rien de terrible.

À part son mauvais goût. Madame est en robe à fleurs, dans les fuchsias, monsieur est en veste à carreaux, dans les verts caca d'oie.

Ça fait mal aux yeux mais il n'y a pas de quoi hurler.

La grand-mère bloque son hurlement et tente de le transformer en un barrissement accueillant.

— Surprise ! chantonne le couple, dans un parfait duo.

La grand-mère ouvre un peu les bras et fait tout son possible pour afficher un sourire qui se veut naturel. La bouche dit « bonjour » quand ses yeux disent « au secours ».

— ... Pour une surprise !... c'est une surprise ! finit-elle par lâcher aux parents d'Arthur, qui se tiennent là, devant elle, aussi présents qu'un cauchemar.

La mamie sourit toujours, bloquant la porte d'entrée comme un gardien de but.

Comme la grand-mère ne bouge pas, ne dit rien et se contente de sourire bêtement, le père finit par poser la question qu'elle redoute pardessus tout.

— Arthur est là ? demande-t-il jovialement, sans douter un instant de la réponse.

La grand-mère sourit davantage, comme si elle

espérait suggérer une réponse positive pour ne pas avoir à mentir. Mais le père, trop bête pour saisir cette subtilité, attend sa réponse.

La grand-mère reprend alors son souffle et dit :

— ... Vous avez fait bon voyage ?

Ce n'est pas vraiment la réponse que le père attendait, mais en bon technicien de la route, il se met en marche.

— Nous avons coupé par l'ouest ! explique-t-il. Les routes sont plus petites mais d'après mes calculs nous avons économisé quarante-trois kilomètres. Ce qui nous fait, au prix du litre d'essence...

— Ce qui nous fait un virage toutes les trois secondes, pendant deux heures ! se plaint la mère. Le voyage fut une horreur et je remercie le ciel qu'Arthur n'ait pas eu à subir une telle punition ! conclut-elle, avant d'ajouter : D'ailleurs, où est-il ?

— Qui ça ? demande la grand-mère, comme si elle entendait des voix.

— ... Arthur, mon fils, lui répond la mère, légèrement inquiète.

Non pas pour son fils, mais pour l'état mental de sa mère. La chaleur, peut-être.

— Aaah !... Il va être tellement content de vous voir ! lance la mamie, en guise de réponse.

Les parents se regardent, se demandant si la vieille n'est pas devenue définitivement sourde.

— Arthur, où est-il ? articule calmement le

père, comme s'il demandait son chemin à un paysan tibétain.

La grand-mère sourit davantage et dit oui de la tête.

Cette réponse ne convainc personne et elle se sent obligée de répondre enfin quelque chose.

— Il est... avec le chien, finit-elle par lâcher. Elle est au bord du mensonge mais la réponse semble satisfaire le jeune couple qui s'attendrit.

C'est le moment qu'a choisi Alfred pour arriver en remuant la queue, détruisant d'un seul coup ce parfait alibi.

La grand-mère voit son sourire s'effriter comme une vieille peinture dans le regard des parents.

— Où est Arthur ? demande la mère, d'un ton nettement plus ferme.

La grand-mère étranglerait bien volontiers Alfred pour avoir ruiné son affaire, mais elle se contente de le fusiller du regard.

La queue d'Alfred ralentit progressivement. Il sait qu'il a probablement fait une bêtise et plaide déjà coupable.

— Vous jouez à cache-cache, hein ? demande la grand-mère à Alfred qui fait celui qui comprend.

— Ils adorent jouer à cache-cache ces deux-là ! explique-t-elle. Ils pourraient y jouer pendant des jours ! Arthur se cache et...

— Et c'est le chien qui compte ? rétorque le

père qui finit par se demander si on ne se fout pas un peu de lui.

— C'est ça ! Alfred compte jusqu'à cent et après il cherche Arthur !

On n'a pas idée de balancer de telles absurdités, avec une conviction à toute épreuve en plus.

Les parents se regardent, vraiment inquiets pour la grand-mère. Ça sent l'asile.

— Et... vous avez une idée de l'endroit où Arthur peut se cacher ? demande gentiment le père, pour ne pas la brusquer davantage.

La mamie hoche énergiquement la tête, comme pour indiquer un oui franc et massif.

— ... Dans le jardin !

Jamais un mensonge ne l'aura conduite aussi près de la vérité.

2

Au plus profond du jardin, en se laissant glisser le long des brins d'herbe immenses, en suivant cette galerie de fourmis qui s'enfonce dans les entrailles de la Terre, là où naissent les racines des arbres, on trouve la base d'un vieux mur, construit par la main de l'homme.

Sur ce mur rongé par le temps, il y a une petite faille qui court entre les pierres. Mais quand on mesure à peine deux millimètres ce n'est pas une petite faille, c'est un gouffre impressionnant, au bord duquel nos trois héros avancent.

Sélénia est toujours en tête, évidemment. La princesse ne semble rien avoir perdu de sa vigueur et sa mission semble occuper tout son esprit.

Elle longe le trottoir, comme si elle descendait les Champs-Élysées, ignorant totalement le vide absolu qui borde le chemin.

Derrière elle, jamais très loin, Arthur. Il est toujours aussi fasciné par ce qui lui arrive. Lui qui, il y a quelques heures encore, était complexé par son un mètre trente, le voilà maintenant fier de ses deux millimètres. Et il remercie le ciel à chaque instant pour cette aventure qui l'a déjà tellement enrichi et musclé, de la tête aux pieds.

Il respire profondément, comme pour mieux en profiter. À moins que ça soit pour bomber davantage le torse. C'est ce que font certains animaux pendant la saison des amours. Il faut dire qu'Arthur a moins les yeux sur le gouffre que sur Sélénia.

Il faut avouer aussi qu'elle est jolie, cette jeune fille. Un corps de déesse et un caractère de cochon. Un regard de panthère et un sourire de bébé. Même de dos, on sait qu'il s'agit d'une princesse. En tous cas, c'est ce qu'on peut lire dans le regard d'Arthur qui la suit comme Alfred.

Bétamèche est un peu plus loin, comme si être à la traîne faisait partie de ses fonctions. Il a toujours son sac à dos rempli de milliers de choses qui ne lui servent à rien, sauf éventuellement à lui donner du poids pour qu'il ne s'envole pas.

— Bétamèche, avance un peu ! Le temps nous manque ! lui rappelle sa sœur, toujours aussi grincheuse à son égard.

Bétamèche secoue la tête en signe de mécontentement et lâche un grand soupir.

— J'en ai marre de porter les affaires !

— Mais personne ne t'a demandé d'emporter la moitié du village ?! lui rétorque la princesse, toujours aussi acide.

— On pourrait porter chacun son tour, non ? Comme ça je me reposerais un petit peu, et on pourrait aller plus vite ! propose Bétamèche, malin comme un singe.

Sélénia s'arrête tout à coup et regarde son frère.

— T'as raison. On va gagner du temps. Donne !

Bétamèche enlève son sac à dos, la mine réjouie, et le tend à sa sœur qui, d'un seul geste, le jette dans le gouffre.

— Voilà ! Comme ça tu seras moins fatigué et on gagnera du temps ! lui annonce la princesse. En route !

Bétamèche, atterré, regarde son sac disparaître dans ce précipice sans fond.

Il n'en croit pas ses yeux. S'il n'existait pas un petit muscle prévu à cet effet, sa mâchoire se serait probablement décrochée.

Arthur se fait discret. Il n'a aucune intention de se mêler de cette querelle de famille et se prend subitement de passion pour le comptage des cristaux qui recouvrent la paroi.

Bétamèche bouillonne. Sa bouche est pleine d'insultes qui ne demandent qu'à sortir.

— Tu n'es vraiment qu'une... qu'une petite peste ! se contente-t-il de hurler.

Sélénia sourit.

— La petite peste a une mission à remplir qui ne supportera plus aucun retard et si le rythme ne te convient pas, tu peux rentrer à la maison ! Tu pourras en profiter pour conter tes exploits et te faire cajoler par le roi !

— Il a un cœur lui au moins, le roi ! réplique Bétamèche, en suivant de loin.

— Eh bien, profites-en, car le prochain roi n'en aura pas !

— C'est qui le prochain roi ? demande timidement Arthur.

— Le prochain roi... c'est moi ! dit fièrement Sélénia en levant le menton.

Arthur comprend mieux, mais il aimerait comprendre davantage.

— C'est pour ça que tu dois absolument te marier dans les deux jours ? demande-t-il timidement.

— Oui. Le prince doit être choisi *avant* que je prenne mes fonctions de souveraine. C'est comme ça. C'est la règle, lui répond Sélénia, qui augmente la cadence pour éviter d'autres questions.

Arthur pousse un léger soupir. Si seulement il avait un peu de temps. Le temps de savoir si cette petite chaleur qu'il sent dans sa poitrine, et qui souvent lui monte aux joues, peut être considérée comme une manifestation de l'amour. Tout comme ces mains moites sans raison et cette petite fièvre qui lui enflamme le front.

Le temps aussi de bien comprendre le mot « amour ». Un mot beaucoup trop gros pour lui. Tellement gros qu'il ne sait pas par quel bout le prendre.

Il aime sa grand-mère, son chien, sa voiture, mais n'ose pas dire qu'il aime Sélénia. D'ailleurs, rien que d'y penser, le voilà qui rougit.

— Qu'est-ce qu'il t'arrive ? lui demande la princesse, amusée.

— Rien du tout ! balbutie Arthur, qui rougit davantage. C'est juste la chaleur, il fait tellement chaud ici !

Sélénia sourit de ce petit mensonge. Elle décroche au passage l'une des nombreuses petites stalactites qui pendent à la paroi et tend le morceau de glace à Arthur.

— Tiens passe-toi ça sur le front, ça va te calmer !

Arthur la remercie et se colle le morceau de glace sur le front.

Sélénia sourit davantage. Elle sait bien que la chaleur qui l'anime n'a pas grand-chose à voir avec la température ambiante. Il fait environ zéro degré dans ce gouffre sans fin. Mais elles sont comme ça, les vraies princesses, toujours à s'amuser des sentiments des autres. Il n'y a évidemment que les siens qui aient de l'importance.

Le bâton de glace a déjà fondu et Arthur hésite à en prendre un autre.

Mais un sursaut de fierté, ou de courage, l'envahit soudain.

Le voilà qui se rapproche de la princesse pour engager une conversation.

L'amour donnerait-il des ailes ?

— Puis-je te poser une question personnelle, Sélénia ?

— Tu peux toujours la poser, je verrai si je la prends ! lui répond la princesse, toujours aussi maligne.

— Tu dois te choisir un mari dans les deux jours mais... en mille ans, tu n'en as pas trouvé un seul qui te convenait ? questionne Arthur.

— Une princesse de mon rang mérite un être exceptionnel, intelligent, courageux, téméraire, bon cuisinier, aimant les enfants..., énonce-t-elle avant que son père ne lui coupe la parole.

— Qui fait bien le ménage et la lessive, pendant que madame fait la sieste ! l'interrompt Bétamèche, ravi de casser le bel élan de sa sœur.

— Un être hors du commun, qui comprend sa femme et la protège, même contre la bêtise de certains membres de sa famille ! rétorque Sélénia, son regard noir rivé sur son frère.

Et puis Sélénia se met à rêver à voix haute :

— Un homme beau évidemment, mais aussi droit, loyal, ayant le sens du devoir et des responsabilités. Un être infaillible, généreux et lumineux !

Son regard accroche celui d'Arthur. Il est dépité. Chaque adjectif a sonné comme un coup de marteau qu'on lui donnait sur la tête.

— ... Pas l'un de ces faibles qui se saoulent à la moindre occasion ! ajoute la princesse, histoire de l'achever.

— ... Bien sûr..., répond Arthur, l'échine courbée sous le poids du malheur.

Comment avait-il pu imaginer une seule seconde qu'il avait une chance ?

Lui, Arthur, du haut de son un mètre trente, réduit à quelques millimètres. Du haut de ses dix ans, qui sonnent comme une seconde dans la vie de Sélénia.

Arthur n'est rien de tout ça. Ni infaillible ni lumineux, et s'il avait à se décrire, il utiliserait plus facilement les adjectifs : petit, bête et moche.

— Choisir son fiancé est la chose la plus importante pour une princesse. Et le premier baiser est un moment crucial, affirme Sélénia. Mais cela n'a rien à voir avec le plaisir qu'on peut éprouver lors d'un premier baiser ! L'acte est ici beaucoup plus symbolique car c'est lors de ce premier baiser que la princesse transmet tous ses pouvoirs au prince. Des pouvoirs immenses qui lui permettront de régner à ses côtés. Tous les peuples des Sept Terres lui devront allégeance.

Arthur ne soupçonnait effectivement pas l'importance de ce premier baiser et comprend mieux pourquoi Sélénia se doit d'être prudente et de bien choisir.

— Et c'est pour ça que... M veut t'épouser, c'est cela ? C'est pour tes pouvoirs ? la questionne Arthur.

— Non ! c'est pour sa beauté, sa gentillesse et surtout pour son bon caractère ! glisse sournoisement Bétamèche.

Sélénia ne répond même pas et se contente de hausser les épaules.

C'est vrai qu'elle est belle, cette petite princesse qui trottine fièrement le long de ce gouffre suintant, ignorant la peur et le vertige. Elle est certes un peu prétentieuse mais qui ne le serait pas avec des yeux comme ça ?

Arthur la boit du regard, prêt à lui pardonner tous les défauts de la Terre en échange d'un sourire. C'est d'ailleurs la seule chose qu'il espère, un sourire, car tout le reste lui paraît inaccessible. Elle est bien trop belle, trop grande, trop intelligente et trop princesse pour s'intéresser davantage à un petit bonhomme comme lui. Il le sait bien et pourtant, une petite force en lui, provenant probablement de la région du cœur, le pousse inlassablement à se découvrir, à se livrer. Comme une fleur qui attendrait la pluie, jusqu'à la mort.

Sélénia sourit davantage.

— C'est une demande en mariage ? demande-t-elle avec une petite pointe d'ironie.

On dirait un chat qui s'amuse d'un poisson rouge affolé dans son bocal.

D'ailleurs, Arthur est aussi rouge qu'un poisson.

— Ben... je sais, je suis encore un peu jeune... balbutie-t-il, mais je t'ai sauvé plusieurs fois la vie et...

Sélénia l'interrompt sèchement.

— L'amour, ce n'est pas protéger ce qu'on ne veut pas perdre ! L'amour, c'est donner tout à l'autre, même sa vie, sans hésiter, sans même y penser !

Arthur est troublé. Il voyait l'amour comme quelque chose de grand et fort, mais avec des contours encore mal définis. Le seul effet qu'il lui connaissait c'était cette chaleur incontrôlée qui lui traversait le corps comme un chocolat chaud, et qui avait la fâcheuse tendance à faire battre son cœur beaucoup plus vite.

Il fallait donc respirer davantage et plus il respirait, plus sa petite tête lui tournait. Voilà ce qu'était pour lui l'effet de l'amour, une douce liqueur qui faisait perdre l'équilibre. Il n'avait pas compris que l'enjeu était beaucoup plus important et qu'on pouvait, à l'occasion, y laisser sa vie.

— Tu serais prêt à donner la tienne ? Par

amour pour moi ? lui lance Sélénia, toujours aussi espiègle.

Arthur est un peu perdu. Il n'y a pas d'issue dans son bocal. Seulement une paroi lisse qui le laisse tourner en rond.

— Ben... si c'est la seule façon de prouver son amour... oui, concède-t-il, pas vraiment rassuré par la tournure que pourraient prendre les événements.

Sélénia se rapproche et tourne autour de lui, comme une souris autour d'un morceau de fromage.

— Bien... voyons si tu dis vrai, lance-t-elle. Recule !

Arthur prend quelques secondes pour réfléchir. Si un pas en avant n'engage à rien, il en est sûrement de même pour un pas en arrière. Il recule donc légèrement, se réjouissant d'avoir passé cette première épreuve.

— Recule encore, lui ordonne Sélénia, une pointe de machiavélisme dans le regard.

Arthur jette un coup d'œil à Bétamèche qui lève les yeux au ciel et soupire. Les jeux de sa sœur ne l'ont jamais amusé. Surtout celui-là qu'il semble connaître par cœur.

Arthur hésite un instant encore, puis recule d'un bon pas.

— Recule encore ! lui ordonne à nouveau Sélénia.

Arthur regarde discrètement derrière son épaule.

Il y a bien le précipice, celui qu'ils suivent depuis des heures. Une belle crevasse, tellement profonde qu'elle disparaît dans le noir absolu.

Arthur comprend mieux l'épreuve. On est loin du Jacadi traditionnel.

Mais le petit homme se doit de prouver son courage et il recule une nouvelle fois, jusqu'à ce que ses talons touchent le bord du précipice.

Sélénia affiche un beau sourire, témoin de sa satisfaction.

C'est qu'il est docile ce petit poisson, a-t-elle l'air de penser, mais l'épreuve n'est pas finie.

— Je t'ai demandé de reculer. Pourquoi t'arrêtes-tu ? Tu n'as plus confiance ?

Arthur est un peu confus et n'arrive pas à faire le lien entre l'amour et la confiance, le pas en arrière et le gouffre qui l'attend. Il regrette d'un seul coup toutes ces heures où il a sommeillé en cours de mathématiques. Peut-être qu'avec de meilleures notions, il aurait pu résoudre cette équation qui lui paraît aujourd'hui insoluble.

— Tu n'as pas confiance en moi ? insiste Sélénia, trop heureuse de prouver les limites de l'amour et le bien-fondé de sa théorie.

— ... Si ! lui répond Arthur, j'ai confiance en toi.

— Alors pourquoi tu t'arrêtes ? lui lance la princesse, aussi sûre d'elle que provocante.

Arthur cherche un peu et trouve sa réponse.

Il se redresse doucement, gonfle ses petits poumons et regarde Sélénia droit dans les yeux.

— Je m'arrête... pour pouvoir te dire adieu ! dit-il solennellement.

Même si Sélénia continue à sourire, une lueur de panique se lit dans ses yeux.

Bétamèche, lui, a compris tout de suite.

Le pauvre gamin, trop honnête et trop entier pour jouer au jeu pervers de sa sœur, va commettre l'irréparable.

— Ne fais pas ça, Arthur ! bredouille Bétamèche, trop inquiet pour faire le moindre mouvement vers Arthur.

— ... Adieu ! dit Arthur, plus théâtral que Sarah Bernhardt.

Le sourire de Sélénia se décompose, comme un château de cartes trop longtemps resté en équilibre. Ce qui n'était qu'un jeu va tourner au cauchemar.

Arthur fait un grand pas en arrière. Sélénia aussi.

— Non ! s'écrie-t-elle, ébahie.

Elle porte ses deux mains au visage, tandis qu'Arthur disparaît, happé par ce gouffre sans fin.

Sélénia hurle de désespoir. Elle s'est retournée pour ne plus voir le gouffre. Ses jambes ne la portent plus et elle tombe à genoux, comme pour une prière malheureusement bien tardive.

Elle est effondrée, le visage noyé dans ses mains, dans ses pleurs. Elle réalise à peine ce qui vient de se passer.

— C'est sûr qu'avec un test pareil tu risques pas de te marier ! lance Bétamèche qui hésite entre colère et désespoir.

Mais pendant que Sélénia pleure toutes les larmes de son corps, les yeux collés au fond des mains, Arthur apparaît en l'air, comme s'il avait rebondi sur quelque chose.

Arthur est dans une position qu'il ne semble pas vraiment contrôler, mais il parvient tout de même à mettre son doigt sur sa bouche pour réclamer le secret à Bétamèche. L'étonnement passé, le petit frère joue le jeu et promet son silence avant qu'Arthur ne disparaisse à nouveau.

Sélénia n'a rien vu, trop préoccupée de son malheur.

— C'est vrai qu'à force de jouer avec le feu, on finit par se brûler, lui balance Bétamèche, plus moraliste que jamais.

Sa sœur secoue la tête, prête à accepter, sans sourciller, tous les torts et griefs qu'on pourrait lui proposer. Bétamèche jubile. Pour une fois qu'il a l'occasion de punir un peu sa sœur, il ne va pas se priver et il enfonce le clou là où ça fait le plus mal.

— Comment tu appellerais, toi, une princesse qui laisse ainsi mourir le plus dévoué de ses prétendants ?

— Une petite peste ! égoïste et prétentieuse ! lâche Sélénia, émouvante de sincérité. Comment ai-je pu faire ça ? Comment ai-je pu être aussi stupide et aussi méchante à la fois ? Je me prends pour une princesse et je me comporte comme la dernière des mauvaises filles ! Je ne mérite ni mon nom, ni mon rang ! Et aucun châtiment ne pourra racheter ma faute !

— Effectivement, c'est impossible, renchérit Bétamèche, tandis qu'Arthur apparaît de nouveau, dans une position encore plus loufoque.

— Je ne suis animée que par l'orgueil et la cruauté ! sanglote la princesse. Moi qui pensais qu'il n'était pas digne de moi, quand c'était moi qui n'étais pas digne de lui. Ma tête le sacrifie alors que mon cœur l'avait choisi.

— Ah bon ? Comment ça ? s'intéresse Bétamèche, qui profite du désarroi de sa sœur.

— Dès la première seconde où je l'ai vu, mon cœur s'est mis à battre la chamade, avoue Sélénia entre deux sanglots. Il était tellement mignon, avec ses grands yeux marron et son air perdu. La gentillesse et la beauté illuminaient son visage, tandis que sa silhouette, fine et fragile, respirait la noblesse. Sans le savoir, il marchait déjà comme un prince. Sa démarche était gracieuse, légère...

Arthur rebondit une nouvelle fois, dans une posture des plus scabreuses illustrant mal les propos de la princesse et évoquant plutôt un pantin désarticulé, soumis aux caprices de l'apesanteur.

— Il était bienveillant, brillant, excellent !

lâche la princesse qui ne tarit pas d'éloges sur son amoureux disparu.

— Charmant ? demande Arthur à l'occasion d'une nouvelle galipette.

— Le plus charmant de tous les princes que les Sept Terres ont jamais connu. Il était charmeur, batailleur...

Elle s'arrête net. Mais d'où vient donc cette question sournoise et cette petite voix qu'elle n'ose reconnaître ?

Sélénia se retourne alors et voit Arthur apparaître, la tête en bas, contrôlant de moins en moins ses positions.

— Et quoi encore ? demande-t-il au passage, ravi de tant de compliments.

La fureur monte instantanément au visage de Sélénia. Une vraie bouilloire prête à siffler. Mais il n'y a pas que de la fureur dans cette grimace, il y a aussi un peu de honte, celle d'avoir dévoilé, en si peu de temps, tous ses sentiments.

La colère crispe tellement sa mâchoire qu'elle n'arrive même pas à proférer des insultes.

— Et... un sacré baratineur !! finit-elle par hurler, tellement fort qu'elle lui remet la tête en haut.

Arthur disparaît à nouveau, tandis que Sélénia s'approche du bord pour découvrir la supercherie.

Arthur rebondit sur une gigantesque toile d'araignée située en contrebas et qui est tissée d'un côté à l'autre du précipice.

Sa chute était donc sans risque et sa sortie purement théâtrale.

Mais Sélénia n'apprécie pas la pièce et les fourberies de ce Scapin vont se payer. Elle sort son épée et attend qu'Arthur remonte pour lui cracher son encre.

— Tu es l'être le plus manipulateur que je connaisse ! lui balance-t-elle, entre deux coups d'épée qu'Arthur évite de justesse. Tu vas voir ce qu'il en coûte de jouer avec les sentiments d'une princesse.

— Sélénia, si tous ceux qui t'aiment doivent se tuer pour te le prouver, tu n'arriveras jamais à trouver un mari ! lui répond Arthur, plein de bon sens.

— Il a raison ! ajoute Bétamèche, toujours prêt à jeter un peu d'huile sur le feu.

Sélénia se retourne et, d'un seul coup d'épée, coupe les trois cheveux rebelles qui se dressaient sur le crâne de Bétamèche.

— Toi, tu es son complice depuis le début ! Tu es un faux frère ! D'ailleurs, je me demande tout simplement si tu es vraiment mon frère ! dit Sélénia qui ne décolère pas.

Et voilà les deux qui se chamaillent et ça fait beaucoup rire Arthur qui commence à maîtriser le rebond et apparaît chaque fois plus à l'aise.

La toile résiste parfaitement mais sur le côté on distingue un fil, qui se tend légèrement à chaque rebond. Ces petites vibrations régulières courent le long du fil et, si l'on s'amuse à le suivre, on longe la paroi jusqu'à une sorte de caverne. Le fil disparaît alors dans le noir d'une grotte.

Un noir bien plus dense que celui du vide, bien plus inquiétant aussi.

Mais la curiosité étant plus forte que l'inquiétude, on ne peut s'empêcher d'avancer un peu dans cette grotte suintante, d'avancer vers ce noir et de suivre ce fil qui vibre et doit bien mener quelque part.

Au bout d'un moment, deux formes se distinguent dans l'obscurité.

Deux yeux. Rouges. Gorgés de sang.

Cela n'empêche pas Arthur de rire de bon cœur. La menace est trop lointaine.

— Allez, Sélénia ! Pardonne-moi ! lance-t-il à l'occasion d'un nouveau rebond. Je savais qu'il y avait une toile d'araignée, mais je t'ai écoutée, jusqu'au bout ! Cette toile, c'est juste ma bonne étoile !

Sélénia n'est pas encline aux jeux, même de mots. Elle pencherait plutôt pour une bonne fessée, histoire de punir cet effronté.

Mais la punition vient toute seule, et, en guise de bonne étoile, il se prend à la toile et s'y empêtre. Finies les pirouettes. Arthur s'est emmêlé la jambe dans les fils de la toile.

La vibration change donc de nature et ce nouveau message court le long du fil, jusqu'à la grotte.

Les deux yeux rouges qui l'habitent semblent apprécier la nouvelle, et l'araignée commence à avancer, jusqu'à sortir du noir.

Quand on ne mesure que deux millimètres, on voit la vie sous un autre angle, et ce qui nous apparaissait avant comme une gentille petite araignée, devient maintenant un véritable tank à huit pattes, poilu comme un mammouth. Et vu le potin qu'elle fait à chaque fois qu'elle pose une patte par terre, on comprend vite qu'elle n'est pas là pour faire guili-guili.

Elle étire sa gueule pleine de piques et bave un peu partout.

En langage araignée, ça s'appelle un sourire.

Les grosses mandibules se mettent en action et ravalent le fil, au fur et à mesure que l'animal avance vers sa toile.

3

Arthur a un mal de chien à se défaire de ce piège. Les fils sont entourés d'une substance légèrement collante qui n'arrange pas les choses et Arthur s'emberlificote de plus en plus.

— Sélénia, je suis emmêlé ! dit Arthur, suffisamment fort pour que sa voix porte jusqu'au chemin.

— Eh bien, restes-y ! Ça t'apprendra ! lui répond Sélénia, trop contente de tenir enfin sa vengeance. Tu auras tout le temps pour méditer sur ce que tu as fait !

— Mais je n'ai rien fait ! se défend Arthur. Je n'ai fait que t'écouter et avoir un peu de chance. C'est tout. Il ne faut pas m'en vouloir pour ça. Et puis c'était très joli tout ce que tu as dit sur moi !

Sélénia tape du pied. La colère lui revient.

— Je ne pensais pas tout ce que j'ai dit ! se défend la princesse.

— Ah bon ? Pourquoi l'as-tu dit alors ? Tu dis des choses que tu ne penses pas maintenant ? lui rétorque Bétamèche, toujours prêt à mettre le souk.

— Si, je dis toujours ce que je pense, balbutie Sélénia, mais ce coup-ci, c'est différent ! J'étais poussée par le remords et la culpabilité ! Alors j'ai dit n'importe quoi, pour soulager ma conscience !

— Tu as donc menti ? insiste Bétamèche.

— Non, je ne mens jamais ! rétorque Sélénia qui se sent de plus en plus coincée. Et puis zut ! Vous m'embêtez, tous les deux ! finit-elle par lâcher. D'accord ! je ne suis pas parfaite ! Ça vous va comme ça ?

— Moi, ça me va très bien, concède Bétamèche, ravi de cet aveu.

— Moi, ça ne me va pas du tout ! lance Arthur, qui vient d'apercevoir l'araignée.

Bien qu'elle soit impressionnante, ce n'est pas sa taille ou son allure qui affole Arthur, c'est surtout la direction qu'elle a prise. L'animal est en train de venir droit sur lui et sûrement pas pour lui dire bonjour. Ce serait plutôt pour un au revoir.

— De quoi te plains-tu ? demande Sélénia en se penchant vers Arthur. Tu te trouves parfait peut-être ?

— Pas du tout ! Bien au contraire, je me sens petit, coincé et totalement démuni ! Et j'ai énormément besoin d'aide, répond Arthur qui commence à paniquer.

— Voilà un bel aveu. Un peu tardif certes, mais agréable à entendre, se félicite la princesse.

L'araignée continue sa route et avale son fil qui la guide directement vers Arthur.

— Sélénia ! À l'aide ! Il y a une araignée géante qui vient sur moi ! s'affole Arthur.

Sélénia regarde un instant l'araignée qui, effectivement, est bien partie pour le croquer.

— Elle est de taille tout à fait normale cette araignée ! Il faut toujours que tu en rajoutes, commente la princesse, absolument pas impressionnée par l'animal.

— Sélénia ?! Aide-moi ! Elle va me dévorer ! hurle le jeune garçon, totalement paniqué.

Sélénia met un genou à terre, et se penche un peu, comme pour rendre leur conversation plus intime.

— J'aurais préféré que tu meures de honte, mais... dévoré par une araignée ce n'est pas mal non plus ! dit-elle, avec une pointe d'humour qu'elle semble être la seule à apprécier. Elle se lève à nouveau, lui balance un grand sourire et lui fait un signe de la main.

— Adieu ! dit-elle avec légèreté, avant de disparaître.

Arthur est à la merci du monstre. Abandonné, pétrifié, liquéfié. En un mot, déjà mort. L'araignée se lècherait volontiers les babines, si elle en avait.

— Sélénia ?! Ne me laisse pas, je t'en supplie ! Je ne me moquerai plus jamais de toi ! Je te le jure sur les Sept Terres et même sur la mienne !! supplie Arthur, mais ses prières n'ont pas d'écho.

Le bord du gouffre où se tenait Sélénia reste désespérément vide. Elle est partie. Pour de bon.

Arthur est anéanti. Pour s'être amusé des sentiments d'une princesse, il va périr, dévoré par l'enfer et ses huit pattes poilues. Le jeune garçon a beau se débattre comme un beau diable, rien n'y fait. C'est même pire. Chaque geste le colle et l'emmêle davantage, et, à force de gesticuler dans tous les sens, il finit par manquer de force. Il est ficelé comme un rosbif, prêt à rentrer au four. Un bon petit gigot qui va faire la joie de la belle croqueuse.

— Sélénia, je t'en supplie, je ferai tout ce que tu voudras ! hurle-t-il dans un dernier élan d'espoir.

La tête de la princesse apparaît tout d'un coup, comme un petit diable sort de sa boîte. Elle est juste au-dessus de lui, à l'envers.

— Tu promets de ne plus jamais te moquer de Son Altesse Royale ? lui demande-t-elle sournoisement.

Arthur est aux abois et absolument pas en position de négocier quoi que ce soit.

— Oui, je te le jure ! Maintenant détache-moi vite ! supplie Arthur.

Sélénia n'a pas l'air pressée de sortir son épée du fourreau.

— Oui qui ? demande-t-elle lentement, comme pour faire durer le plaisir de l'avoir à sa merci.

— Oui, Votre Altesse ! lance Arthur trop pressé d'en finir.

— Votre Altesse comment ? insiste-t-elle.

— Oui, Votre Altesse Royale ! lui hurle Arthur, tellement fort qu'il la décoiffe.

Sélénia hésite un instant à le punir davantage pour ce nouvel affront, mais elle se ravise et se recoiffe d'un geste de la main, tout en grâce.

— *Deal !* lui concède Sélénia, en levant le menton comme seules les princesses savent le faire.

L'araignée est sur eux, sa gueule baveuse grande ouverte.

Arthur aimerait hurler mais il est tétanisé et aucun son ne sort de sa bouche ouverte.

Sélénia se redresse, pivote sur elle-même et met une grande baffe à l'araignée.

L'animal s'arrête net, complètement groggy. La bestiole secoue légèrement la tête et constate que sa mâchoire fait maintenant un drôle de bruit.

C'est qu'elle a frappé fort, la petite princesse, et ça sent la machine qui a perdu des boulons...

Sélénia regarde l'animal droit dans les yeux.

— Mange pas n'importe quoi, ma grande, tu vas te faire mal à l'estomac ! lui dit la princesse, avec un aplomb qui laisse l'araignée sans voix.

D'ailleurs, il n'y a pas que l'araignée qui est sans voix. Arthur est bouche bée. Il n'en croit pas ses yeux. Elle vient de claquer le bec à une araignée.

Il y a quelques heures encore, cette vision lui serait apparue comme des plus farfelues et sa mère l'aurait sûrement envoyé au lit avec deux aspirines.

Sélénia claque des doigts en direction de Bétamèche, juché sur un petit rocher.

— Bétamèche, friandise ! ordonne la princesse.

Bétamèche fouille aussitôt dans ses poches et en sort une sucette ronde, un peu comme les Chupa-Chups, enrobée d'un magnifique papier en pétale de rose. Le jeune frère jette la sucette à sa sœur qui l'attrape d'une main. De l'autre, elle enlève le papier et la sucette devient tout à coup énorme, comme un airbag sous l'effet d'un choc.

— Tiens, prends ça, tu vas m'en dire des nouvelles ! promet Sélénia en fourrant la grosse boule rose dans la bouche de l'araignée.

L'animal reste un instant sans bouger, comme un enfant qui se retrouve pour la première fois avec une tétine dans la bouche. L'araignée regarde en louchant le bâton qui sort de sa bouche et ne sait pas trop quoi faire.

— Vas-y, elle est à la framboise, lui précise Sélénia.

À ces mots, l'araignée n'hésite plus et se met à téter.

Ses yeux rouge sang tournent doucement au rose pale, couleur framboise, et ils s'allongent en forme d'amande.

Sélénia lui sourit.

— Bonne fille ! lui dit-elle, avant de revenir à son mouton, toujours ficelé sur sa broche.

Elle sort son épée et tranche les liens de part et d'autre.

— Tu m'as sauvé la vie et j'ai sauvé la tienne. On est quittes, lâche Sélénia comme si elle annonçait le résultat d'un concours.

— Tu n'as rien sauvé du tout ! s'insurge Arthur. Depuis le début tu savais que je ne risquais rien ! Tu m'as juste laissé mariner pour que je te fasse des promesses !

— Toi aussi, tu savais que tu ne risquais rien ! Après ton premier pas en arrière, tu as regardé derrière et tu as vu qu'il y avait une toile d'araignée qui arrêterait ta chute ! Mais monsieur a voulu jouer les malins et s'est fait prendre à son propre piège ! lui rétorque Sélénia, dont la voix est montée d'un ton.

— Et madame qui joue les princesses de fer et qui pleure comme une Madeleine dès qu'elle perd son petit bonhomme qui sert à rien ! réplique Arthur qui s'énerve un peu.

— Dites donc, vous feriez un sacré couple, tous les deux ! plaisante Bétamèche. Vous ne risquez pas de vous ennuyer pendant les longues soirées d'hiver !

— Toi, te mêle pas de ça ! lui répondent en chœur Sélénia et Arthur.

— Tu as prétendu mourir pour moi et tu n'as fait que te moquer de moi. Tu n'es qu'un sale menteur ! ajoute la princesse, excédée.

— Et toi tu veux que je te dise ? Tu n'es qu'une espèce de...

Sélénia lui coupe la parole :

— Tu as déjà oublié la promesse que tu viens juste de me faire ?

Arthur grimace et se tortille comme un ver. C'est une autre forme de piège qui est en train de se refermer sur lui.

— Je t'ai promis sous l'effet de la menace et... de la peur ! se défend-il.

— Ça reste tout de même une promesse, oui ou non ? insiste Sélénia.

— ... Oui, finit-il par concéder à contrecœur.

— Oui qui ? demande Sélénia, désireuse de rappeler les termes de la promesse.

Arthur soupire un grand coup.

— Oui, Votre Altesse Royale, répond-il, en regardant ses chaussures.

— À la bonne heure ! se réjouit-elle, avant de monter sur la patte avant de l'araignée et de l'enfourcher.

— Allez, en route ! lance-t-elle à ses deux acolytes.

Bétamèche saute de pierre en pierre et prend suffisamment d'élan pour grimper le long de la patte de l'animal.

Il vient se coller derrière sa sœur, trop content d'utiliser enfin un véhicule confortable. Il est vrai que la fourrure épaisse de l'animal permet de se caler à souhait, comme un calife, au milieu de ses poufs en soie.

— Alors tu viens ? crie Bétamèche à Arthur qui n'a toujours pas bougé, tellement il est subjugué par ce qu'il voit. En moins de cinq minutes, il lui a fallu admettre qu'il allait se faire dévorer par une araignée géante, puis que le même monstre velu allait lui servir de dromadaire.

Il aura suffi d'une princesse à la baffe facile et d'une sucette gonflable pour rendre l'animal aussi docile qu'un pudding.

Même Alice, pourtant habituée au pays des merveilles, aurait déjà piqué une crise de nerfs.

— Allez, dépêche-toi ! On a déjà perdu assez de temps comme ça ! lui rappelle Sélénia. Ou préfères-tu peut-être courir derrière comme un fidèle Miloo.

Bien qu'il ne sache pas à quoi ressemble un Miloo, il imagine aisément quel genre d'animal domestique pourrait courir docilement à côté du véhicule.

Arthur prend son courage à deux mains, mais

c'est une expression car il s'en sert, en réalité, pour attraper la patte avant et velue de l'araignée. Il grimpe le long de ce poteau qui lui paraît sans fin, s'agrippe à la fourrure et vient s'asseoir à califourchon dans le dos de Bétamèche.

— En route, ma belle ! crie Sélénia en pressant vigoureusement des talons sur le flanc de l'animal.

L'araignée se met en route et suit le rebord du précipice, comme le ferait un fidèle yack dans la vallée de l'Himalaya.

4

— Comment ça disparu ? s'exclame la mère d'Arthur en se laissant tomber dans le canapé du salon.

Le père vient s'asseoir à côté de sa femme et passe un bras autour de ses épaules.

La grand-mère fait des nœuds avec ses doigts, comme une écolière qui présenterait un mauvais bulletin.

— Je ne sais pas par où commencer, bredouille la vieille femme qui plaide déjà coupable.

— Commencez peut-être par le début, suggère le père sans humour.

La grand-mère se racle la gorge, pas vraiment à l'aise devant ce public restreint.

— Eh bien, le premier jour, il faisait très beau. Il a fait beau tous les jours de toute façon. L'eau de la rivière était particulièrement chaude et

Arthur avait décidé d'aller à la pêche. Nous avons donc pris les cannes de son grand-père et sommes partis à l'aventure, qui en réalité se limitait au bout du jardin.

Le couple de spectateurs ne bouge pas et il n'y a que deux façons de l'expliquer : ou ils sont captivés par les aventures d'Arthur à la pêche, ou bien ils sont atterrés de voir la grand-mère gagner si honteusement du temps.

— Vous n'imaginez pas combien de poissons ce petit bonhomme est capable d'attraper en une heure ! Allez, dites un chiffre ! interroge avec enthousiasme la grand-mère, mais le couple n'est guère disposé à jouer.

Les parents se regardent, se demandant non pas quel est le nombre de poissons que leur charmant fils a pu attraper, mais plutôt combien de temps encore la grand-mère va se foutre d'eux.

— Pourriez-vous nous épargner la pêche et les activités diverses et en venir directement au jour où notre fils a disparu ?! lance le père, dont la patience a des limites.

La vieille femme soupire, fatiguée par ce temps qu'elle essaye de gagner et qu'elle a maintenant le sentiment de perdre.

Son petit-fils a disparu. Elle se doit d'accepter cette douloureuse réalité.

Elle s'assied au bord du fauteuil, comme pour ne pas le déranger, et soupire profondément.

— Tous les soirs, je lui racontais l'Afrique, à

travers les livres et les carnets de route de son grand-père. Ils sont riches d'enseignement, mais Archibald était aussi un poète et ses récits sont remplis de contes et légendes, comme celle des Bogo-Matassalaïs et leurs petits amis, les Minimoys, explique la grand-mère, avec des trémolos dans la voix.

Évoquer son mari disparu reste toujours une épreuve. Le temps n'y peut rien. Quatre années déjà qu'il a disparu lui aussi, et cela lui paraît tout proche.

— Quel est le rapport avec la disparition d'Arthur ? questionne sèchement le père, pour tirer la grand-mère de ses rêveries.

— Eh bien... Archibald et Arthur avaient une histoire qu'ils affectionnaient particulièrement, à propos des Minimoys et... Arthur était persuadé que non seulement ils existaient, mais qu'en plus ils vivaient dans le jardin, conclut la grand-mère.

Les parents la regardent, comme deux poules devant un bilboquet.

— Dans le jardin ? demande le père, qui a besoin qu'on lui confirme l'ineptie.

La grand-mère acquiesce d'un signe de tête, la mine désolée.

Le père reprend ses esprits, et, vu son faible quotient intellectuel, ça lui prend un certain temps.

— Bon. Imaginons. Il y a des Minimoys dans le jardin. Pourquoi pas, mais en quoi cela peut-il avoir un rapport avec la disparition d'Arthur ? demande le père, un peu perdu dans les raccourcis.

— Malheureusement monsieur Davido est arrivé, en plein gâteau d'anniversaire, et vous savez comme Arthur comprend vite les choses ? souligne la grand-mère, toujours prête à complimenter son petit-fils.

— C'est qui, ce Davido ? Et que faisait-il dans le gâteau ? questionne le père qui commence à perdre la boussole.

— Davido, c'est le propriétaire. Il veut récupérer la maison, à moins qu'on la lui achète. Arthur a donc tout de suite compris qu'on avait des petits problèmes d'argent. Alors il s'est mis en tête de retrouver le trésor que grand-père avait caché, explique la vieille femme.

— ... Quel trésor ? demande le père que soudain l'histoire intéresse.

— Des rubis, je crois, offerts par les Bogo-Matassalaïs et qu'Archibald a cachés quelque part, dans le jardin.

— Dans le jardin ? questionne le père qui semble ne retenir que ce qui l'intéresse.

— Oui, mais le jardin est grand et c'est pourquoi Arthur voulait rejoindre les Minimoys afin qu'ils le guident jusqu'au trésor, conclut la grand-mère, en toute logique pour elle.

Le père reste un instant en arrêt, comme un setter devant un trou à lapins.

— Vous avez une pelle ? demande-t-il, le sourire carnassier et l'œil battant.

La nuit est presque tombée. De magnifiques traînées bleu marine zèbrent le ciel comme dans une peinture de Magritte.

La voiture des parents ronronne à l'arrêt et les phares allumés dessinent deux traits de lumière jaune qui éclairent le jardin.

De temps à autre, une pelle sort d'un trou et jette son contenu à l'extérieur.

Une autre pelle, moins rapide et moins remplie, apparaît aussi, en alternance.

La grand-mère soupire et s'assied au bord des marches, sur le perron, face au jardin qui n'en est plus un. On dirait un champ de bataille. Il y a des trous partout, comme si une taupe géante était devenue folle, d'ailleurs la voilà qui sort la tête en braillant. Elle vient de casser sa pelle.

En fait, il s'agit du père qu'on reconnaît à peine avec son visage maculé de terre.

— Comment veux-tu qu'on y arrive avec un matériel aussi pourri ? s'exclame-t-il en jetant rageusement le manche de la pelle.

Sa femme surgit du trou voisin, en parfaite taupette.

— Chérie, calme-toi. Ça sert à rien de s'énerver ! intervient la mère, qui fait des efforts pour surveiller son langage quand elle ferait mieux de surveiller sa tenue. Sa robe est toute chiffonnée et l'une des épaulettes est déchirée.

— Passe-moi ta pelle ! s'énerve le père.

Il lui arrache quasiment l'outil des mains, replonge dans son trou, et reprend son ouvrage avec encore plus d'ardeur.

La grand-mère est désolée, tout comme son jardin.

Elle aussi se sent dévastée, trouée de part en part, moche et inutile, et malgré la bonne humeur qui la caractérise, on sent pointer la dépression, toujours tapie dans l'ombre, prête à profiter de la moindre faiblesse ou du mauvais sort, comme un petit diable qui guette les mauvais nuages.

— À quoi bon retrouver ce trésor, si Arthur n'est pas là pour en profiter ? demande la grand-mère, avec ce qui lui reste de force.

Le père réapparaît, mimant l'instinct paternel.

— Ne vous inquiétez pas grand-mamie. Il a dû se perdre un peu, tout au plus. Mais je connais mon fils, il est débrouillard. Je suis sûr qu'il retrouvera son chemin. Et puis gourmand comme il est, il reviendra sûrement pour le dîner, ajoute le père qui se veut rassurant.

— Il est quand même dix heures du soir, précise la grand-mère, en consultant sa montre.

Le père lève le nez et constate que la nuit est déjà bien avancée.

— Ah ?! oui, c'est vrai ! lâche-t-il, tout émerveillé de constater à quel point le temps passe vite quand on cherche un trésor.

— C'est pas grave, il ira directement se coucher, comme ça on économisera un repas ! plaisante-t-il.

À moitié.

— François ! s'indigne la mère.

— Oh ! ça va, je plaisante ! se défend le père. Le proverbe ne dit-il pas : qui dort dîne ?

Sa femme ronchonne un peu, pour le principe.

— D'ailleurs, à ce propos... comme je n'ai pas sommeil, j'ai l'estomac qui se plaint, dit le père en faisant une allusion mal dissimulée.

— Il me reste du gâteau d'anniversaire du petit, propose la grand-mère.

— Parfait ! se réjouit l'homme. Et puis comme on n'était pas là pour en profiter, on va pouvoir se rattraper !

— François ?! se plaint encore la mère, dont le vocabulaire semble se limiter à ce mot, qu'elle utilise toujours sur le même ton de vague reproche.

5

— Je meurs de faim ! s'exclame Bétamèche.

Les balancements réguliers de l'araignée ont réveillé l'estomac du jeune prince.

— Préviens seulement quand tu n'as pas faim, Bétamèche, ça nous serait plus utile ! lui répond sa sœur, toujours aussi caustique.

— C'est tout de même pas un crime d'avoir faim, à ce que je sache, non ? On n'a rien mangé depuis des sélénielles ! bougonne le jeune prince qui se tient le ventre comme s'il allait s'échapper pour rejoindre un autre corps plus compréhensif.

— Et puis je suis en pleine croissance, ça veut bien dire qu'il faut que je mange plein de croissants, non ?

— Tu grandiras plus tard, on est arrivés ! dit Sélénia, coupant court à la discussion.

Devant eux, au milieu de ce tunnel rocailleux,

il y a un trou béant, une faille taillée par la foudre. La pierre est déchiquetée, comme si un monstre de l'Antiquité l'avait mordue avec rage.

La faille donne sur un gouffre, froid et gélatineux. Les gouttes d'eau y tombent sans faire de bruit, tellement l'endroit est profond.

Sélénia descend par la patte avant de l'araignée et se poste devant un panneau en bois qui indique : « Passage interdit ». Pour être bien sûr d'être compris même par ceux qui ne posséderaient pas tout leur vocabulaire, on a dessiné, au-dessus de l'inscription, une tête de mort.

— C'est ici ! dit la princesse, aussi contente que si elle avait trouvé une auberge.

Bétamèche déglutit, comme pour évacuer sa peur.

Arthur descend à son tour de l'animal et s'approche du trou pour y jeter un œil.

Il n'y a rien à jeter. Même pas un œil.

— Il n'y a pas une autre entrée, un peu plus accueillante ? demande Bétamèche, pas vraiment rassuré.

— C'est l'entrée principale ! répond la princesse, nullement impressionnée par ce trou béant. Et vu l'état cauchemardeux de l'entrée principale, on peut imaginer ce que doit être l'entrée du personnel.

Arthur suit le mouvement, sans mot dire. Il a l'air presque absent.

Il a tellement vécu d'aventures abracadabrantes, depuis maintenant vingt-quatre heures, qu'une de plus lui semble maintenant une routine.

Il a définitivement décidé de ne plus se poser de question. Et puis de toute façon, la chose qui lui faisait le plus peur au monde, c'était d'avouer son amour à la princesse. Maintenant que c'est fait, il ne craint plus rien ni personne, non pas parce que cet aveu lui a donné des ailes, mais simplement parce que tout le reste a dorénavant moins de poids et de saveur.

La princesse attrape l'araignée par la barbichette et la tire vers le trou béant.

— Allez, ma grande ! fais-nous un beau fil qu'on puisse descendre jusqu'au fond, lui demande gentiment la princesse, avant de commencer à lui faire des gratouilles sous le menton.

L'araignée ferme à moitié ses grands yeux en amande. C'est tout juste si elle ne se met pas à ronronner. En tout cas, elle se met à baver de plaisir, et un long fil sort de ses mandibules, avant de plonger dans l'ouverture.

Bétamèche n'est pas rassuré par cet ascenseur de fortune.

— S'ils écrivent « Passage interdit » et prennent le soin de l'agrémenter d'une tête de mort, c'est sûrement pour nous prévenir de quelque chose, non ?

— C'est une formule d'accueil ! répond malicieusement la princesse.

— Tu parles d'une formule d'accueil ! ils doivent pas avoir beaucoup de clients ! rétorque Bétamèche.

Sélénia s'énerve. Elle en a marre de cette petite voix nasillarde qui fait des commentaires à tout bout de champ.

— Tu aurais préféré : « Welcome to Nécropolis, son palais, son armée et sa prison privée » ?

Sa réponse cloue le bec au jeune prince.

— Ce panneau, ça veut dire « Welcome en enfer » et ne me suivent que ceux qui ont assez de cœur pour combattre, conclut Sélénia, avant d'attraper le fil entre ses jambes et de se laisser glisser dans le noir.

Très vite, le bruit du frottement de ses cuisses contre le fil s'éloigne et finit par disparaître.

Bétamèche se penche légèrement au-dessus du trou, mais la silhouette de sa sœur n'est déjà plus visible.

— Je vais peut-être garder l'araignée, j'ai peur qu'elle s'en aille ! dit Bétamèche, que la témérité n'étouffe pas.

— Comme tu veux, lui répond Arthur en sautant sur le fil.

Il croise ses jambes sur la corde, comme il l'a appris à l'école et s'apprête à descendre.

— Comme ça, quand vous revenez on pourra faire le chemin du retour sur son dos et on sera plus vite à la maison ! se sent obligé d'ajouter Bétamèche, histoire de dissimuler sa couardise.

— Si on revient un jour ! précise Arthur avec beaucoup de lucidité.

— Oui, bien sûr ! si vous revenez un jour ! lance Bétamèche en riant jaune.

L'idée de faire le retour tout seul n'a pas l'air de l'enchanter.

Arthur écarte un peu ses jambes et glisse tout à coup le long du fil, tissé par l'araignée. En quelques secondes sa silhouette disparaît également dans un noir des plus impénétrables.

Un frisson parcourt Bétamèche. Pour rien au monde il ne descendrait le long de ce fil. Il se redresse et soupire, pensant avoir échappé au pire.

Seulement le décor, autour de lui, n'est pas bien rassurant non plus.

Il y a des traces d'humidité sur les parois. Celles-ci renvoient l'écho de cris lointains, déformés par la distance. Des cris de douleur qui n'en finissent pas.

Bétamèche tourne sur lui-même, pour surveiller ses arrières. Il semble apercevoir quelque chose sur le mur du fond. Malgré la peur qui lui tenaille le ventre, il fait quelques pas pour mieux voir ce qui s'y passe. Ce sont en fait des dessins gravés au mur qui brillent, grâce à l'eau qui suinte des murs. Les dessins ne représentent que des têtes de mort avec, parfois, le squelette qui va avec.

Bétamèche fait la grimace. Tout ceci ne lui dit rien de bon. Au pied de ces dessins, il y a une multitude de petits rongeurs qui, comme pour mieux illustrer les dessins, finissent de grignoter la chair d'un squelette.

Bétamèche fait quelques pas en arrière et met le pied sur un os qui craque bruyamment. Le jeune prince sursaute et constate qu'il est au milieu de centaines d'os, comme un cimetière à ciel ouvert.

Bétamèche pousse un cri d'horreur qui va se mêler aux échos répercutés par le fond de la grotte.

Bétamèche se met devant l'araignée.

— Je t'aime bien, mais il ne vaut mieux pas que je les laisse tout seuls ! ils ne font que des bêtises sans moi ! explique Bétamèche à l'animal qui le regarde sans comprendre.

Bétamèche se jette sur le fil et ne prend même pas le temps de croiser les jambes. Tout est bon pour fuir au plus vite cet endroit de malheur.

— Mieux vaut l'enfer que l'horreur ! se dit-il pour se donner du courage, avant de disparaître dans ce trou noir qui aspire toutes les lumières. Et même s'il faut bien avouer que Bétamèche n'en est pas une, de lumière, ce trou-là ne fait pas de détail.

Le père d'Arthur est toujours dans son trou à lui.

Il s'est endormi sur sa pelle, tellement il est anéanti de fatigue.

La cadence des mouvements de pelle n'a plus rien à voir avec celle du début. Il faut maintenant prendre rendez-vous pour voir une pelle, à moitié pleine, sortir du trou et se vider maladroitement sur le côté. Il n'est pas prêt de le trouver, ce trésor, surtout qu'à l'autre bout du jardin, Alfred le chien, en bon soldat, rebouche systématiquement tous les trous.

Ce n'est pas vraiment par solidarité, c'est tout simplement pour éviter qu'on découvre son trésor à lui, une bonne dizaine d'os à moelle qu'il a patiemment mis de côté, en bon économe qu'il est.

Sa femme, en parfaite épouse, sort de la maison, un plateau à la main.

Elle a préparé une cruche en cristal, pleine de glaçons, et une petite assiette où elle a disposé des quartiers d'orange, soigneusement épluchés.

— Chéri ! chantonne-t-elle en avançant comme elle peut sur ce terrain miné.

La lune a beau la guider, la pauvre femme n'y voit pas grand-chose. Elle aurait dû mettre ses lunettes, mais sa coquetterie naturelle la pousse souvent à ne pas les mettre en public.

Une coquetterie qui va lui coûter cher, car elle ne voit pas la queue du chien et la catastrophe qui va avec.

Elle pose son talon sur l'extrémité d'Alfred, qui hurle tout à coup.

La mère hurle à son tour, comme pour répondre à Alfred.

Un cri si perçant qu'elle en perd l'équilibre. Un pas en avant, un pas en arrière, pour mieux suivre les oscillations du plateau, puis elle met un pied dans le trou.

Tout ceci l'a rapprochée de son mari.

La cruche glisse sur le plateau et, d'un geste réflexe surprenant, la femme parvient à la retenir par l'anse. Elle a sauvé la cruche, mais pas son contenu. Son mari reçoit l'eau glacée en pleine figure. Il pousse à son tour un cri inhumain et se débat avec les glaçons qui se faufilent partout, principalement dans sa chemise.

Alfred fait une grimace de circonstance. Il n'aime pas l'eau non plus, et encore moins quand elle est glacée.

Le père commence d'abord par accabler sa femme d'injures incompréhensibles. C'est probablement le froid qui l'empêche d'articuler.

— Tu ne peux pas faire attention ?! finit-il par hurler.

La pauvre femme ne sait plus comment s'excuser. Elle ramasse les glaçons pleins de terre et les remet dans la cruche, en signe de bonne volonté.

La grand-mère arrive sur le pas de la porte, un autre plateau à la main.

— Du café bien chaud, ça vous dit ? dit-elle à l'intention des travailleurs.

Le mari tend les bras en avant. La perspective de recevoir, après les glaçons, un café bouillant en pleine figure ne le réjouit absolument pas.

— Ne bougez plus ! hurle-t-il, comme si la grand-mère allait marcher sur un serpent. Posez-le par terre et je viendrai le boire un peu plus tard ! ajoute-t-il, avec sérieux.

La grand-mère ne sait pas trop quoi penser. Elle savait que sa fille avait épousé un excentrique, mais là, elle a dû sauter un chapitre.

La pauvre femme est trop affaiblie pour contrarier qui que ce soit. Elle pose donc le plateau sur le perron et retourne dans sa maison, sans autre commentaire.

La femme essaye d'éponger son mari avec son petit mouchoir en soie délicate. Mais autant vider une baignoire avec une pipette. Le mari repousse sa femme en grommelant, sort du trou et se dirige vers la maison. Sa femme lui emboîte le pas, et Alfred aussi. Il faut dire qu'ils sont plutôt drôles ces deux-là, pense le chien qui les suit, comme les enfants suivent les caravanes de cirque.

L'homme arrive sur le perron et soupire un grand coup comme pour évacuer sa colère. Sa chemise commence déjà un peu à sécher. Ce n'était, après tout, que de l'eau. Il se force à sourire et regarde sa femme le rejoindre, toujours un peu gauche sans ses lunettes. Elle en est attendrissante.

— Excuse-moi, chérie, je t'ai mal parlé sous l'effet de la surprise et je le regrette, crois-moi, dit-il avec sincérité.

La sollicitude de son mari la touche beaucoup, et elle arrange un peu sa robe pour être à la hauteur du compliment.

— Ce n'est rien, c'est de ma faute. Je suis si maladroite parfois ! avoue-t-elle.

— Mais non, mais non ! répond le mari qui n'en pense pas moins. Tu veux un petit café ?

— Avec plaisir ! lui répond-elle, tout étonnée par ce petit moment d'intimité.

Le mari prend une tasse, y jette deux morceaux de sucre et ajoute un nuage de lait. Pendant ce temps, sa femme cherche ses lunettes dans les nombreuses poches de sa robe. Elle ne voit donc pas l'araignée qui est en train de descendre le long de son fil, à quelques centimètres de son visage.

Le mari se retourne vers sa femme, la tasse dans une main, la cafetière dans l'autre, et commence à verser le café, avec beaucoup de délicatesse.

— Un bon café, ça va nous réveiller ! commente-t-il.

Il ne croit pas si bien dire. Sa femme a enfin trouvé ses lunettes et les met.

La première et seule chose qu'elle voit, c'est donc cette monstrueuse araignée qui agite ses pattes velues, à un centimètre de son nez.

Elle pousse instantanément un cri abominable. On dirait un babouin à qui l'on arrache un ongle. Le mari, stupéfait, fait un bond en arrière, trébuche sur le plateau et s'étale de tout son long. La cafetière fait un vol plané avant de se vider sur le torse du mari. Son cri à lui ressemble plutôt à celui du mammouth à qui l'on arrache une dent, et bien que les deux cris n'aient rien à voir, le couple reste harmonieux dans la douleur.

6

Le cri immonde, en duo, résonne jusqu'au fond des Sept Terres et même au-delà, jusqu'à Nécropolis.

Sélénia tourne la tête comme si elle pouvait voir ce cri qui vient de passer, déformé, et rebondissant de paroi en paroi.

Arthur finit de glisser le long du fil de l'araignée et vient se poster derrière Sélénia. Lui aussi regarde, effaré, ce cri inhumain qui se prolonge à l'infini.

Il est à des années-lumière d'imaginer qu'il puisse provenir de ses parents.

— Bienvenue à Nécropolis, lâche la princesse, avec un petit sourire.

— C'est pas terrible comme message d'accueil ! constate Arthur qui a déjà des sueurs froides.

— Accueil ici, ça rime avec cercueil ! précise

Sélénia, sans humour. Il va falloir rester groupés, ajoute-t-elle, au moment où Bétamèche leur arrive dessus comme un chien dans un jeu de quilles. Le groupe s'étale au sol avec un grand fracas.

— Tu n'en rates pas une ! grogne Sélénia en se redressant.

— Désolé, répond Bétamèche en souriant, trop content d'être de nouveau parmi eux.

Arthur se relève à son tour et s'époussette. Il constate, avec stupeur, que le fil de l'araignée est en train de remonter. Sélénia l'a vu mais semble se faire une raison.

— Comment va-t-on faire pour le retour, si l'araignée n'est plus là ? demande Arthur, un peu inquiet.

— Qui te parle de retour ? répond cyniquement la princesse. Nous avons une mission à accomplir et, quand celle-ci sera finie, on aura tout le temps de penser au retour, conclut-elle, sur un ton qui ne laisse aucun doute sur sa détermination.

Et la voilà qui s'en va dans un nouveau tunnel, d'un pas décidé, le menton en avant, ne craignant rien ni personne.

Ce regain d'intérêt pour sa mission est toutefois un peu suspect. Ne serait-ce pas une bonne façon d'éviter de trop penser ? À ses sentiments par exemple ?

Afin d'éviter toute tentation, Sélénia s'est mis

des œillères, comme celles qu'on met aux chevaux pour les empêcher de sortir de la route.

Sélénia est comme une petite fleur qui se balade en armure, de peur de rencontrer un rayon de soleil qui la ferait s'ouvrir, s'épanouir, avant de disparaître et de laisser la nuit la flétrir.

Mais Arthur est encore trop jeune pour comprendre tout ça. Il pense simplement que la mission est dans le cœur de Sélénia la chose la plus importante. Il n'est qu'un petit homme qui a réussi à l'attendrir, pendant un court moment d'égarement.

Le chemin qu'ils empruntent mène bientôt à un autre, large comme une rue principale.

Nos trois héros se font plus discrets et silencieux car cette rue, taillée à même la roche, est loin d'être déserte. On y croise des paysans venus des Sept Terres proposer leurs richesses, des gamouls chargés de plaques de métal soigneusement découpées, des vendeurs de sélinelle qui viennent écouler leur récolte.

Sélénia se glisse dans la foule qui l'entraîne vers le grand marché de Nécropolis.

Arthur est ébahi de voir autant de monde et de couleurs. Il n'aurait jamais soupçonné l'existence de toute cette vie à quelques mètres sous terre.

Rien à voir avec le petit village et son supermarché qu'il aime à visiter.

Ici s'étale le plus important des souks, la plaque tournante de tous les commerces, de tous les trafics. Ce n'est pas le genre d'endroit où l'on vient sans arme et Sélénia garde en permanence sa main sur le pommeau de son épée. Des mercenaires de tous poils sillonnent le marché, prêts à vendre leurs services. Des vendeurs à la sauvette s'arrachent les derniers espaces restés libres. Quelques petits malins ont installé, au milieu de l'allée, des tables de jeu où l'on peut tout miser. De la paire de groseilles à la paire de gamouls. Impossible de savoir ce qu'on y gagne, mais on y perd sûrement la santé.

Des bars minuscules sont nichés au-dessus des stands, dans les interstices que la roche veut bien offrir. Ce sont des bars à deux places, trois pour les plus grands.

Le Jack-fire semble être la boisson nationale.

Arthur est effaré par tout ça. Il est surtout impressionné par ce mélange de joyeux commerces et de saloons mal famés. Une cohabitation étonnante et qui pourtant semble marcher. La raison en est simple : les séides.

À une hauteur raisonnable, il y a une petite guérite, au-dessus de chaque angle de rue, et un séide surveille ce joyeux capharnaüm. Une surveillance totale et permanente. Le calme règne car M le maudit fait régner la terreur.

Le marché de Nécropolis est la première chose

que Maltazard a développée en prenant le pouvoir.

Le prince des ténèbres s'était enrichi en sillonnant les Sept Terres avec ses hordes de séides qu'il avait formés à piller et voler pour son compte. Mais piller et voler ne suffisait pas. Il savait qu'une grande partie des richesses restait cachée, enterrée, et même avalée. Dès qu'une rumeur d'attaque se répandait, les villageois les faisaient disparaître. Pas toutes évidemment.

Ne rien trouver aurait énervé le maître. Maltazard tuait très peu, mais pas par humanisme. Sa clémence était purement commerciale.

— Un être qui meurt, c'est un client qui disparaît, un travailleur de moins pour construire mon palais, aimait-il à déclarer.

La meilleure façon de soutirer à son peuple les richesses qu'il ne parvenait pas à lui voler, c'était de le pousser à les dépenser. L'appât du gain, de la richesse, l'envie de posséder... Maltazard fit creuser, à même la roche, des centaines de galeries, où il proposa des stands à bon prix. Maltazard avait, de toute évidence, un sens prononcé du commerce. C'est ainsi que le marché de Nécropolis vit le jour. Il était maintenant énorme et faisait la fortune de Maltazard qui prenait une commission sur chaque objet vendu ou acheté, si petit fût-il.

Nos amis avancent dans ce joyeux capharnaüm, avec prudence et curiosité. Prudence, à cause des séides postés au-dessus de leur tête à chaque carrefour.

Curiosité, car ils voient des créatures de tous poils, dont Arthur ne soupçonnait même pas l'existence, tel ce groupe étrange d'animaux aux yeux globuleux qui se tiennent les oreilles pour ne pas marcher dessus.

— C'est qui, ceux-là ? demande Arthur, très intrigué.

— Des Balong-Botos. Ils sont de la Troisième Terre. Ils viennent se faire tondre, explique Bétamèche.

— Comment ça, se faire tondre ? demande Arthur, de plus en plus intrigué.

— Leur fourrure est très appréciée, alors ils viennent la vendre au marché. Elle repousse deux fois par an. C'est comme ça qu'ils gagnent leur vie. Le reste du temps, ils ne font que dormir, raconte Bétamèche.

— Et pourquoi ils ont de grandes oreilles comme ça ? s'inquiète Arthur.

— Les Balong-Botos ne tuent pas d'animaux alors ils n'ont pas de couverture en fourrure pour se protéger des hivers rigoureux qui sévissent dans leur région. Aussi, les parents tirent sur les oreilles des enfants, dès leur plus jeune âge, pour qu'elles s'allongent et qu'ils puissent s'enrouler dedans pendant l'hiver. Ainsi va la tradition, depuis des milliers de lunes.

Arthur n'en revient pas. Lui, qui comme tous les enfants de son âge craint toujours qu'on lui tire les oreilles, n'aurait jamais imaginé qu'elles puissent finir par lui tenir chaud l'hiver.

Occupé à regarder un bébé Balong se faire tirer les oreilles, Arthur finit par se cogner dans un poteau. Deux poteaux pour être plus précis. Arthur découvre alors en levant la tête que les deux poteaux sont des jambes qui portent un être longiligne. On dirait une sauterelle montée sur des jambes de flamant rose.

— C'est un Asparguetto, précise Bétamèche à voix basse. Ils sont grands et très susceptibles !

— Surtout ne prenez pas la peine de vous excuser, jeune homme ! dit l'animal en se penchant vers Arthur.

Les plaques vertes, comme des bonbons, qu'il a sur le visage, lui font comme un masque. On aperçoit à peine ses petits yeux bleus qu'il a pris soin de protéger derrière des lunettes bon marché.

— Excusez-moi ! je ne vous avais pas vu ! répond poliment Arthur, la tête à la verticale.

— Je ne suis pourtant pas transparent ! réplique l'Asparguetto, de sa voix calme et bourgeoise. Non seulement je dois me courber toute la journée pour avancer dans cet endroit absolument pas adapté aux gens de ma taille, mais en plus il me faut essuyer les affronts permanents qui sont faits à ma personne.

— Je vous comprends ! dit gentiment Arthur. Avant, j'étais grand ! je sais ce que c'est !

L'Asparguetto le regarde sans comprendre.

— Non content de me bousculer, vous avez donc décidé de vous moquer ? demande l'animal décidément susceptible.

— Non, non, pas du tout ! je voulais juste dire qu'avant je mesurais un mètre trente et maintenant seulement deux millimètres, s'emmêle Arthur. Je voulais dire que... c'est pas facile d'être grand, dans le monde des petits, mais... c'est pas facile non plus d'être petit dans le monde des grands.

L'animal ne sait quoi penser ni quoi répondre.

Il regarde un instant cet étrange petit bonhomme aux courtes pattes.

— Vous êtes excusé ! finit-il par lâcher pour clore la discussion, avant d'enjamber quelques stands pour rejoindre une autre allée.

— Je t'avais prévenu, dit Bétamèche, ils sont supersusceptibles !

Arthur regarde l'Asparguetto disparaître en quelques enjambées.

À peine remis de ses émotions, il croise un autre groupe, tout aussi farfelu. Ce sont de gros animaux à fourrure, aussi ronds qu'un ballon, avec une petite tête de fouine et une douzaine de pattes toujours en mouvement.

— Ça, ce sont des Boulaguiris. Ils vivent dans la forêt de la Cinquième Terre, précise Bétamèche, avant d'aller plus loin dans son explication. Leur spécialité est de polir les perles. Tu leur amènes une perle en mauvais état, ils l'avalent et six mois après ils te la ramènent, plus belle que jamais.

À peine Bétamèche a-t-il fini sa description qu'un Boulaguiri vient illustrer ses propos. L'animal s'approche d'un petit stand creusé dans la pierre. Il est accueilli par un Cachflot. Les Cachflots sont les seuls habilités à faire du commerce dans Nécropolis. Qu'ils vendent ou qu'ils achètent, toute transaction doit passer par eux. C'est Maltazard lui-même qui a accordé ce privilège à cette tribu venue de la lointaine Sixième Terre. La légende dit que le chef, surnommé Cacarante, aurait sauvé la vie de M le maudit en lui prêtant de l'argent afin qu'il puisse se faire refaire le visage. Le souverain n'étant pas ingrat, il l'aurait récompensé de la sorte. Cela fait donc des lunes que les Cachflots s'enrichissent à Nécropolis.

Le Boulaguiri tend l'une de ses pattes au vendeur qui le sert sans grande envie. Mais la politesse, ici comme ailleurs, est toujours au centre du commerce.

Après quelques mots échangés, que ni Arthur ni Bétamèche ne semblent comprendre, le Boulaguiri commence à se contorsionner, comme s'il était pris de violents maux de ventre.

Arthur en a mal pour lui et grimace comme s'il l'accompagnait dans son épreuve.

Le visage du Boulaguiri change plusieurs fois de couleur avant d'adopter un vert pâle des plus écœurant. Puis il rote un bon coup et une magnifique perle sort de sa bouche. Elle tombe dans un écrin de coton noir que lui tend le Cachflot. Le négociant attrape la perle avec une pince maison, tandis que l'animal reprend des couleurs qui lui vont mieux au teint.

Le Cachflot observe la perle. Elle est sublime et brille de mille éclats. L'acheteur accepte la marchandise, d'un petit signe de tête. Le Boulaguiri lui fait un beau sourire, l'occasion pour nous de constater que l'animal n'a pas de dents. Il se remet à se contorsionner dans tous les sens pour une nouvelle livraison.

Arthur est stupéfait d'avoir assisté à une telle transaction, pourtant courante dans les allées qui mènent à Nécropolis.

Mais un cri de joie le tire de sa rêverie. Bétamèche vient d'apercevoir un marchand de bellicornes. Le gamin trépigne de joie et entame une petite danse pour remercier le ciel.

— Qu'est-ce qui t'arrive ? s'inquiète Arthur, en découvrant cette danse étrange qui ressemble aux mouvements désordonnés qu'on fait quand on a marché sur un clou. Bétamèche, salivant déjà de plaisir, attrape son camarade par les épaules.

— Ce sont des bellicornes au sirop ! y a rien

de meilleur, sur les Sept Terres, que des bellicornes au sirop ! lui explique Bétamèche, en se léchant déjà les babines.

— Et c'est quoi au juste, des bellicornes ? demande Arthur, qui se méfie des goûts culinaires de son ami.

— Une pâte de sélinelle, brassée dans du lait de gamoul, le tout lié avec des œufs, saupoudré de noisettes concassées et nappé d'un délicieux sirop à la fleur de rose, se délecte à l'avance Bétamèche qui connaît la recette par cœur.

Arthur est séduit. Le biscuit paraît inoffensif. Il ressemble un peu aux cornes de gazelle que sa grand-mère fait de temps en temps, en suivant une recette qu'elle a ramenée d'Afrique.

Bétamèche sort une pièce de sa poche et la jette au Cachflot qui l'attrape au vol.

— Servez-vous, monseigneur, dit-il, en parfait négociant.

Bétamèche prend un bellicorne et n'en fait qu'une bouchée. Il laisse échapper un petit gloussement de satisfaction, puis se met à mâcher plus lentement, pour faire durer le plaisir.

Devant tant de bonheur, Arthur ne résiste pas davantage. Il attrape un bellicorne et croque le bout, brillant de sirop.

Il attend quelques secondes, au cas où il y aurait des effets secondaires, comme avec le Jackfire, mais rien ne se passe. Le sirop fond dans sa bouche, quant à la pâte légèrement sucrée, elle rappelle la pâte d'amande.

Arthur se laisse aller et continue à mâcher.

— Alors, c'est pas la meilleure chose que tu aies mangé de ta vie ? lui demande Bétamèche en enfournant son quatrième bellicorne.

Arthur doit admettre que c'est plutôt bon et c'est avec plaisir qu'il croque à nouveau dans son gâteau.

— Ils sont pas frais, mes bellicornes ? demande le marchand, avec le sourire de celui qui connaît déjà la réponse.

Les deux compères secouent la tête énergiquement, la bouche pleine de sirop.

— Les roses sont de la rosée de ce matin et j'ai cueilli les œufs, il y a à peine une heure ! précise-t-il, en bon pâtissier fier de son produit.

Arthur s'est arrêté net, la mâchoire en suspens. Un détail le contrarie. Dans son monde à lui, les œufs se pondent, se ramassent, se trouvent, se volent, à la limite, mais jamais ne se cueillent.

— Ce sont des œufs de quoi ? demande poliment Arthur, en affichant déjà une grimace, comme s'il s'attendait au pire.

Le vendeur rigole de la naïveté de son client.

— Il n'y a qu'une sorte d'œufs qui soit appropriée pour faire de véritables bellicornes, dignes de ce nom. Des œufs de chenille pris sous la mère, affirme le marchand, presque vexé qu'on l'ait pris pour un vulgaire trafiquant.

D'ailleurs, il est très fier de pointer de l'index sa plaque officielle, qui le désigne comme l'un des meilleurs bellicorneurs de l'année.

En guise de réponse, Arthur lui crache sa bouchée en pleine figure.

Le vendeur reste un instant sans bouger, choqué de l'affront que vient de lui faire, involontairement, le jeune Arthur.

— Excusez-moi, je ne supporte pas bien les œufs de chenille, ni de libellule ! explique Arthur, gêné par la situation.

Ça va mal tourner, Bétamèche le sent et il profite des dernières secondes de surprise pour engloutir une dizaine de gâteaux à une vitesse proche du record du monde.

Le Cachflot a repris ses esprits. Il respire profondément et se met à hurler :

— À moi, la garde !!

À ces simples mots, c'est la panique dans la rue. Tout le monde s'agite en hurlant dans toutes les langues. On dirait des cris d'enfants bloqués dans un train fantôme.

7

Soudain, une main attrape l'épaule d'Arthur et le tire violemment en arrière.

— Par ici ! chuchote Sélénia en entraînant Arthur.

Bétamèche attrape encore quelques bellicornes et rejoint ses camarades, semant des gâteaux à tout-va.

Les trois héros se frayent un passage dans la panique générale et plongent dans une boutique pour éviter la patrouille de séides qui remonte la rue au pas de course.

Arthur reprend son souffle.

— On avait dit qu'on restait groupés, non ? les sermonne Sélénia, excédée d'avoir à surveiller les deux irresponsables.

— Excuse-moi, mais il y avait tellement de monde tout à coup ! explique Arthur.

— Plus il y aura de monde et plus on aura de chances de se faire repérer. Il faut être discrets ! insiste Sélénia.

Un autre Cachflot, plus souriant que les autres, vient se pencher au-dessus d'eux.

— On peut être discret et néanmoins élégant ? dit-il, mielleux à souhait. Venez jeter un œil à ma nouvelle collection. Pour le plaisir des yeux !

Le vendeur a vu juste, aucune princesse au monde ne refuserait ce genre d'invitation.

Pendant ce temps, un peu plus loin, le marchand de bellicornes décrit, à grands gestes peu flatteurs, les deux voleurs professionnels qui l'ont assailli.

Le chef des séides l'écoute avec attention. Il ne met pas longtemps à comprendre qu'il s'agit bien des mêmes fuyards qui ont échappé à Darkos, au Jaïmabar-club.

Ce genre de nouvelle se répand rapidement dans Nécropolis, car il est rare que des habitants de la Première Terre viennent s'aventurer dans les zones interdites, et encore plus rare que Darkos se fasse ridiculiser de la sorte.

Le chef des séides se retourne vers ses hommes.

— Fouillez toutes les boutiques, ils ne doivent pas être loin ! ordonne-t-il.

Heureusement pour nos trois héros les troupes partent dans le mauvais sens.

Le chef attrape le dernier soldat par le col.

— Toi, va prévenir le palais.

Le soldat se fige dans un parfait garde-à-vous, avant de détaler comme un lapin.

Sélénia le voit passer, devant sa boutique, plus rapide qu'une fusée.

— Ça nous donne au moins la direction du palais ! commente la princesse, qui ne perd jamais le nord.

Elle jette une pièce au marchand et enfonce son visage sous la capuche de son nouveau manteau en fourrure de Balong-Boto.

Arthur et Bétamèche font de même. On dirait trois pingouins, déguisés en esquimaux.

— Au plaisir ! leur lance le souriant vendeur en les regardant partir.

Le camouflage semble efficace et personne ne les remarque dans cette fourrure bigarrée.

— T'aurais quand même pu choisir quelque chose de plus léger, je crève déjà de chaud ! se plaint Bétamèche, noyé dans sa fourrure trop grande pour lui.

— Il faut qu'on s'arrête pour boire un peu ! suggère-t-il.

— T'as chaud, t'as faim, t'as soif ! quand est-ce que tu vas arrêter de te plaindre à tout bout de champ !? lui demande la princesse, passablement excédée.

Pour toute réponse, Bétamèche se met à bougonner.

Sélénia accélère le pas, de peur de perdre la trace de son séide.

La rue s'élargit légèrement, puis débouche sur une place immense, aménagée dans une grotte dont on ne voit même pas le plafond.

Sélénia s'arrête au bord de ce cirque monumental, où fourmillent des milliers de badauds.

— Le marché de Nécropolis, chuchote Sélénia, impressionnée par la dimension de l'endroit.

On le lui avait décrit à plusieurs reprises, mais tout ce qu'elle imaginait était en dessous de la vérité. La place est noire de monde et la foule bouge comme la surface d'une mer agitée. On dirait La Mecque un jour de prière.

Ça vend, ça achète, ça échange, ça discute, ça gueule, ça court, ça vole...

À côté, Wall Street ressemble à un salon de thé pour retraités.

Arthur est bouche bée devant ce spectacle continu. Une paire d'yeux ne suffit pas à enregistrer ce ballet indescriptible. Ça lui rappelle l'énorme seau de son grand-père dans lequel il conservait des centaines d'asticots pour la pêche.

Mais le spectacle qui s'offre à lui aujourd'hui est tout de même plus coloré et surtout plus bruyant. C'est à peine si on s'entend et Sélénia est obligée de hurler.

— Je l'ai perdu de vue ! avoue-t-elle, un peu contrariée, en parlant du séide.

Pas très étonnant qu'elle l'ait perdu de vue dans ce capharnaüm indescriptible.

— Pourquoi ne demande-t-on pas tout simplement le chemin du palais ? Les gens d'ici doivent le connaître, non ? demande naïvement Arthur.

— Tout se vend ici. Et ce qui se vend le mieux, ce sont les renseignements. Demande le palais et tu seras dénoncé dans la minute ! lui explique Sélénia, bien informée.

Arthur regarde autour de lui et constate qu'il n'y a effectivement aucune tête à qui il pourrait faire confiance. Ils ont tous des yeux globuleux, des mâchoires pleines de dents, des fourrures trop longues et des pattes trop nombreuses.

Sans parler de la panoplie d'armes que chacun porte à la ceinture. Un vrai western.

Nos trois héros, bien groupés cette fois, regardent cette foule compacte, cherchant un indice qui pourrait les mettre sur la voie du palais.

Il y a bien cette façade monumentale, qu'on aperçoit de l'autre côté de la place, sculptée de toutes parts de bien étranges visages. On dirait l'entrée du musée des horreurs plutôt qu'un palais présidentiel, mais connaissant la personnalité de M le maudit, Sélénia a le sentiment d'être sur la bonne piste.

Fendre cette foule, plus compacte qu'un pudding, leur prend bien vingt minutes... Ils arrivent finalement au pied de la façade.

— Tu crois que c'est ici ? chuchote Bétamèche. Ça me paraît bien sordide pour un palais !

— Vu le nombre de gardes devant la porte, ça

m'étonnerait que ce soit l'entrée d'une crèche ! répond Sélénia, plus perspicace que son frère.

Effectivement, devant l'imposante porte, fermée à triple tour, il y a deux rangées compactes de séides, prêts à embrocher quiconque oserait s'approcher, même pour demander son chemin.

— On va plutôt prendre l'entrée des artistes ! propose Sélénia.

— Bonne idée ! répondent en chœur ses deux acolytes, pas vraiment disposés à attaquer deux rangées de séides.

Soudain, la foule se fend pour laisser passer un cortège.

— Place ! place ! crie un séide ventru à la tête du convoi constitué d'une dizaine de chariots remplis de fruits, d'insectes grillés et pleins d'autres mets tout aussi délicieux. Le tout tiré par des gamouls, un peu nerveux au milieu de cette foule.

Sélénia s'approche pour regarder passer le convoi.

— Qu'est-ce que c'est ? demande-t-elle, mine de rien, à un étranger aux yeux globuleux.

— C'est le repas du maître. Le cinquième de la journée ! précise l'étranger, plus mince qu'une brindille.

— Et combien il en a comme ça ? demande Bétamèche, déjà envieux.

— Huit, comme les doigts de ses mains, répond

le vieil homme à la mine affamée, qui regarde passer le convoi.

— Et il va manger tout ça ? s'inquiète Arthur.

— Pensez-vous ! c'est à peine s'il grignote. Un insecte grillé par-ci par-là, et c'est tout. Le reste est jeté dans le puits des offrandes. Quand je pense qu'un seul de ces repas nourrirait mon peuple pendant dix lunes ! confesse le vieil homme, trop faible pour se plaindre davantage.

Il pousse un soupir de désespoir et s'éloigne, dégoûté par cette opulence.

— Pourquoi ne donne-t-il pas la nourriture qu'il délaisse plutôt que de la jeter dans un puits ? s'indigne Arthur.

— M le maudit est le mal personnifié. Il tire son plaisir de la souffrance qu'il inflige aux autres. Rien ne peut lui faire plus plaisir qu'un peuple affamé qui pleure pour sa survie, explique Sélénia, les dents serrées.

— Pourtant, il était l'un des vôtres au début, non ? demande Arthur.

— Qui t'a dit ça ?! demande la princesse, visiblement dérangée par la question.

— Bétamèche m'a dit qu'il avait été chassé de votre terre, il y a très longtemps, répond le jeune garçon.

Sélénia jette un regard noir à son frère, qui l'évite en regardant ailleurs.

— C'est fou tous ces petits détails sur la façade du palais ! dit-il, pour détourner la conversation.

Sélénia préfère ne pas répondre.

— Que s'est-il passé ? Pourquoi a-t-il été chassé ? demande Arthur, sans curiosité excessive. Juste l'envie d'en savoir un peu plus sur les Minimoys.

— C'est une longue histoire que je te raconterai plus tard. Peut-être ! En attendant, nous avons mieux à faire. Suivez-moi !

Sélénia fend la foule affamée et longe le convoi en parallèle.

Un petit Sylo regarde passer la nourriture, ces huit yeux grands ouverts. Poussé par la faim, il tend innocemment la main vers un fruit. Un violent coup de fouet lui claque sur les doigts et vient le rappeler à l'ordre. Aussitôt les parents du petit Sylo cachent leur enfant dans leur fourrure épaisse.

Un séide vient se mettre devant le papa Sylo, son fouet tendu entre ses mains.

— On ne touche pas à la nourriture du maître, rappelle le séide, aimable comme un horodateur.

Le Sylo montre ses dents, quarante-huit lames plus affûtées que des rasoirs. Un geste de plus contre son petit serait probablement malvenu.

Le séide déglutit à la vue de cette tronçonneuse montée sur mâchoire.

— C'est bon pour cette fois, concède le séide, pas suffisamment bête pour courir davantage de risques.

Sur le côté du palais, il y a une grotte creusée

à même la roche. Probablement le travail de centaines d'insectes. Au fond de la cavité, une lourde porte à la décoration plus modeste. À l'approche du convoi, les portes s'ouvrent automatiquement. Le cortège s'enfonce lentement, chariot après chariot, au cœur de la roche.

Le peuple se tient à distance de cette entrée dérobée, personne n'ose s'aventurer au-delà de cette limite.

Personne, sauf nos trois héros, toujours prêts pour l'aventure.

Sélénia s'est cachée derrière une grosse pierre et regarde la porte se refermer lentement au passage du dernier chariot.

Elle jette son manteau de fourrure et s'apprête à bondir.

— C'est là que nos chemins se séparent, Arthur ! dit la princesse, avant de bondir vers la porte.

— Pas question ! répond le vaillant Arthur qui se précipite pour rejoindre sa princesse.

Mais c'est une épée qui l'attend, pointée sur sa gorge. Sélénia a dégainé plus vite que l'éclair et tient son prince à distance.

— Je dois régler ce problème seule, dit Sélénia, avec gravité.

— Et moi, je fais quoi ? demande le gamin, en proie à une émotion qui lui noue la gorge.

— Toi, tu trouves le trésor et tu sauves ta

maison. Moi, je trouve M le maudit et j'essaye de sauver la mienne.

Sélénia a la voix calme des gens décidés et que rien n'arrêtera.

— Si je réussis, on se retrouve, ici même, dans une heure, précise Sélénia.

— Et si tu échoues ? demande Arthur, déjà triste à l'idée d'une telle issue.

Sélénia pousse un long soupir. Bien des fois elle a pensé à cette éventualité. Elle sait bien que ses chances sont presque nulles face à M le maudit et ses pouvoirs infinis.

Elle a peut-être une chance sur mille de réussir, mais c'est une véritable princesse de sang, fille de l'empereur Sifrat de Matadoy, quinzième du nom, et elle sera bientôt la seizième. Il n'est donc pas question de ne rien tenter.

Elle regarde longuement Arthur dans les yeux et s'approche légèrement de lui, sans pour autant baisser son épée toujours pointée sur le cou du jeune garçon.

— Si j'échoue... fais un bon roi, dit-elle simplement, avec un calme qu'on ne lui connaissait pas, comme si une petite porte venait de s'ouvrir dans son cœur de soldat.

Elle passe une main derrière la nuque du jeune homme et pose un doux baiser sur ses lèvres. Le temps s'arrête. Les abeilles dessinent des cœurs en fils de miel, dans un ciel où les marguerites pleuvent en chantonnant. Les nuages se tiennent la main et font une ronde autour d'eux, comme ces milliers d'oiseaux qui se sont regroupés en grand orchestre, et inondent le ciel d'une mélodie des plus langoureuse.

Jamais Arthur ne s'est senti aussi bien. Il a l'impression de glisser sur un toboggan de soie, agité par un vent adorable, qui le balade et le fait glisser, comme si rien d'autre n'avait d'importance.

Le souffle de Sélénia est plus chaud que l'été, sa peau plus douce que le printemps. Il resterait là, collé sur ses lèvres, pendant des siècles si les dieux de l'amour lui en donnaient l'autorisation, mais Sélénia se recule et rompt le charme.

Le baiser n'a duré qu'une seconde.

Arthur est encore tout groggy. Jamais une seconde ne lui avait paru aussi courte. Jamais une seconde n'a eu ce goût parfumé d'éternité.

Arthur est aussi surpris qu'abasourdi. Il ne sait pas quoi dire.

Sélénia lui sourit gentiment. Son regard a une douceur nouvelle.

— Maintenant que tu as tous mes pouvoirs... fais-en bon usage, lui dit-elle, avant de disparaître dans les quelques centimètres qui séparent les deux portes.

— Mais... attends... il faut que..., balbutie Arthur en courant vers les portes qui se referment davantage.

Et même si Arthur ne mesure que deux millimètres, le passage est maintenant trop étroit pour qu'il puisse y passer.

Arthur est anéanti. À peine a-t-il eu le temps de comprendre ce qui lui arrivait que déjà il doit se faire à l'idée que cela n'arrivera plus.

Le jeune garçon se touche les lèvres, comme pour s'assurer qu'il n'a pas rêvé, mais le parfum de la princesse est toujours là, tout autour de son visage.

Bétamèche sort de sa cachette et applaudit le jeune prince.

— Bravo ! c'était formidable !

Bétamèche attrape les mains d'Arthur et les secoue exagérément.

— Félicitations ! c'est un des plus beaux mariages auxquels j'ai assisté !

— De quoi parles-tu ? demande Arthur, un peu perdu.

— Eh bien, de ton mariage, idiot ! Elle t'a embrassé. Tu es donc marié pour le meilleur et pour le pire, jusqu'à la prochaine dynastie. C'est comme ça chez nous ! explique Bétamèche, avec beaucoup de simplicité.

— Tu veux dire que... le baiser, c'était le mariage ? questionne Arthur, un peu surpris par ce protocole.

— Bien sûr ! confirme Bétamèche. Un mariage très émouvant ! clair ! concis !... superbe ! commente Bétamèche, en connaisseur.

— Un peu trop concis, non ? se plaint Arthur tout déboussolé par la rapidité des festivités.

— Mais non ! tu as le principal : sa main et son cœur. Que veux-tu de plus ? rétorque Bétamèche, avec une logique qui n'appartient qu'aux Minimoys.

— Chez moi, les adultes prennent un peu plus de temps. Ils apprennent à se connaître, ils se fréquentent, passent du temps ensemble. Après ils en discutent et, normalement, c'est l'homme qui fait sa demande. Le baiser ne vient qu'à la fin, quand on dit « oui » devant monsieur le curé, explique Arthur, qui se souvient probablement du mariage de ses parents.

— Oh là là ! quelle perte de temps ! vous avez vraiment du temps à perdre dans la vie pour le dépenser ainsi en futilités ?! C'est la tête qui a besoin de tous ces artifices. Le cœur, lui, ne connaît qu'un mot, et un baiser est le meilleur moyen de le dire, explique Bétamèche.

Arthur essaye de comprendre, mais tout ceci va beaucoup trop vite pour lui.

Après un baiser comme celui-là, il aurait besoin d'une bonne nuit de sommeil et de quelques aspirines.

— Qu'est-ce que tu aurais voulu de plus ? lui demande son ami, en voyant sa mine abrutie.

— Ben... je ne sais pas... une petite fête, peut-être ? dit Arthur qui essaye de retrouver ses esprits.

— Voilà qui me paraît une excellente idée !

lance une voix, trop grave pour être celle de Bétamèche.

Nos deux compères se retournent et se trouvent face à une vingtaine de séides, regroupés derrière leur chef, l'affreux Darkos, fils unique du tout aussi affreux M le maudit.

À chaque fois que Darkos sourit, on a l'impression qu'il va tuer quelqu'un, tellement son sourire est peu accueillant. Et même s'il lavait quinze fois par jour ses dents marron, cela n'y changerait rien.

Darkos s'avance vers Arthur d'un pas lent de conquérant.

— Si vous le permettez, je vais m'occuper personnellement de vous préparer une petite fête ! dit-il, sans détour.

Le message est tellement clair que même les séides l'ont compris et ricanent bêtement.

Arthur aussi a compris. Aujourd'hui, jour de son anniversaire, ça va être aussi sa fête.

La mère d'Arthur est assise à la table de la cuisine. Elle tripote les dix petites bougies qui n'ont plus de gâteau ni d'Arthur pour briller.

Dix petites bougies, pour dix petites années qui ont vu Arthur pousser comme un jeune animal, tout fou et tout gentil. La pauvre maman ne peut s'empêcher de se remémorer ces dix anniversaires si différents les uns des autres.

Le premier, où Arthur fut hypnotisé par la petite lumière qui dansait devant lui.

Le deuxième, où il essaya, en vain, d'attraper ces petites flammes qui sans cesse lui glissaient entre les mains. Le troisième anniversaire, où son souffle encore trop timide ne lui permit de souffler les bougies qu'en s'y reprenant à trois fois. Le quatrième gâteau où il souffla tout d'un seul coup d'un seul. Pour la première fois.

Le cinquième rendez-vous où il s'appliqua à couper lui-même le gâteau, sous l'œil vigilant de son père, inquiet de le voir manipuler ce couteau trop grand pour sa main.

Le sixième anniversaire, le plus important aux yeux d'Arthur... car à cette occasion son grand-père lui offrit son propre couteau avec lequel il découpa fièrement son gâteau. Ce fut aussi le dernier anniversaire auquel son grand-père assista.

La pauvre femme ne peut empêcher une larme de couler sur sa joue.

Tant de bonheur et de malheur, en seulement dix années. À côté de ces dix années qui ont filé comme une étoile, les dix heures écoulées depuis la disparition d'Arthur semblent une éternité.

La maman cherche du regard un peu de réconfort, quelque chose qui pourrait lui donner un peu d'espoir. Elle ne tombe que sur son mari, vautré sur le canapé, assommé par la fatigue. Il n'a même plus la force de ronfler, ni même celle de fermer sa mâchoire, ouverte aux quatre vents.

Dans d'autres circonstances, cette image l'aurait

fait sourire, mais aujourd'hui, ça lui donne plutôt envie de pleurer davantage.

La grand-mère vient s'asseoir à ses côtés avec des mouchoirs jetables.

— C'est ma dernière boîte ! dit-elle avec humour, histoire de détendre un peu l'atmosphère.

La fille regarde sa mère et laisse échapper un petit sourire.

Dans les moments difficiles, la vieille dame a toujours su garder son sens de l'humour. Elle tient ça de son mari, Archibald, qui élevait l'humour et la poésie au rang de valeurs fondamentales.

— L'humour est à la vie ce que les cathédrales sont à la religion... c'est ce que l'homme a inventé de mieux ! aimait-il à dire pour plaisanter.

Si seulement Archibald pouvait être là. Il apporterait un peu de lumière dans leurs vies devenues si sombres.

Il saurait leur amener cette petite touche d'optimisme qui jamais ne le quittait et lui avait permis de traverser la Grande Guerre, tel un matador qui échappe aux cornes du taureau.

La vieille femme attrape gentiment les mains de sa fille et les serre avec affection.

— Tu sais, ma fille... ce que je vais te dire n'a probablement aucun sens, mais... ton fils est un petit garçon exceptionnel, lui dit-elle, d'une voix douce et rassurante. Et je ne sais pas pourquoi mais, où qu'il soit, même s'il se trouve en mauvaise posture... je suis sûre qu'il va s'en sortir !

La maman semble un peu rassurée par ces paroles et les deux femmes se serrent davantage les mains, comme pour appuyer leurs prières.

Il va falloir qu'elles prient plus car, pour l'instant, Arthur est en prison. Ses deux petites mains accrochées aux barres en fer, il regarde la place du marché bondée de monde, où il n'y a pas une seule âme charitable pour lui venir en aide.

— Laisse tomber ! personne ne prendra le risque d'aider un prisonnier de M le maudit ! lance Bétamèche, recroquevillé dans un coin de la prison.

— Surveille ton langage, Béta ! Sélénia a dit qu'il fallait être discrets ! rappelle Arthur.

— Discrets ? Tout le monde est déjà au courant qu'on est en prison ! soupire le petit prince, complètement déprimé. On est tombé aux mains de ce monstre. Notre avenir est déjà tout tracé ! Il n'y a plus que Sélénia pour nous sauver la vie... en espérant qu'elle parvienne déjà à sauver la sienne !

Arthur le regarde et doit se rendre à l'évidence. Sélénia est bien leur seul espoir.

8

Notre petite princesse est consciente de sa mission et c'est les mains bien serrées sur l'épée qu'elle avance dans le dédale des galeries peu accueillantes du palais royal. Elle a perdu de vue le convoi de nourriture, mais elle parvient à s'orienter grâce aux traces laissées sur le sol par les roues en bois.

Sélénia progresse doucement, de cachette en cachette, laissant passer régulièrement des patrouilles de séides, aussi nombreuses que des grenouilles dans un étang.

Bientôt, les couloirs creusés dans la roche s'ornent de décorations et se couvrent de marbre noir. Les flammes des flambeaux se reflètent sur la surface lisse et paraissent maintenant démesurées. On dirait la longue fourrure d'un vilain diable descendu des enfers pour cracher ses flammes.

Sélénia a le cœur bien accroché, mais les mains un peu moites. Cet enfer glacé n'est pas sa tasse de thé. Elle préfère les forêts d'herbes hautes, les feuilles d'automne qui permettent de surfer sur les collines de son village, les champs de coquelicots où il fait si bon s'endormir. Cette pensée la fait souffrir. C'est souvent quand on est dans le malheur qu'on réalise à quel point les petites choses du quotidien ont de la valeur. Un doux réveil où l'on s'étire, un rayon de soleil qui vous caresse la joue, un être cher qui vous sourit.

Comme si le malheur ne servait qu'à mesurer le bonheur.

Une patrouille de séides tire Sélénia de sa rêverie et la rappelle à l'ordre.

Elle est toujours dans ce palais de mort, cathédrale de marbre noir, aussi froid que la glace.

Le sol aussi est en marbre, d'un noir si profond qu'on pourrait croire qu'on va y tomber.

Les traces des chariots ne sont plus visibles sur cette pierre bien trop dure pour se laisser marquer.

Sélénia arrive à un carrefour et doit prendre une décision. Elle reste là un instant, comptant sur son instinct pour la guider. Un signe, peut-être. Il y a bien un dieu sur ces Sept Terres pour l'aider un petit peu, ou faut-il vraiment qu'elle traverse cette nouvelle épreuve toute seule ?

Sélénia attend un peu, mais aucun signe divin ne se manifeste. Pas même un vent léger, pour lui indiquer le chemin à choisir.

Sélénia soupire et scrute à nouveau les deux tunnels. Il y a une vague lueur dans celui de droite, on entend presque une musique. Une personne normale aurait tout de suite flairé le piège et fui dans l'autre sens. Mais Sélénia n'est pas une personne normale. C'est une princesse dévouée à sa cause et prête à prendre tous les risques pour accomplir sa mission. Elle serre plus fortement l'épée dans sa main et s'engouffre dans le boyau de droite.

Brusquement à un coude, elle débouche dans une immense pièce. Des dalles de marbre luisant composent le sol, tandis que des milliers de stalactites pendent au plafond, gouttes d'eau pétrifiées dans leur descente. Un Michelangelo local a eu la lourde tâche de sculpter le bout des stalactites, un à un. Il est probablement mort à la tâche, tellement le travail paraît colossal.

Sélénia avance de quelques pas sur ce marbre, lisse comme un lac, qui semble absorber tous les bruits.

Au fond de la pièce, elle aperçoit le plus petit des chariots, délaissé par les esclaves. Des fruits de toutes sortes débordent de la carriole, seules taches de couleur dans cet univers gris et noir.

Devant le chariot, il y a une silhouette longiligne, qui tourne le dos à Sélénia. Une longue cape rongée aux extrémités, posée sur des épaules dissymétriques. Difficile, à cette distance, de dire si l'homme porte un chapeau ou si sa tête est disproportionnée par rapport à son corps. Quoi qu'il en soit cette silhouette décharnée est monstrueuse et semble sortir tout droit de nos pires cauchemars.

Cet homme de dos, qui grignote sans envie, du bout de ses doigts crochus, ne peut être que M le maudit.

Sélénia déglutit, serre fortement son épée pour se donner du courage et avance à pas lents et feutrés.

Elle tient sa vengeance à portée de main.

La sienne, personnelle, mais aussi celle de tout son peuple et même de tous les peuples qui sillonnent les Sept Terres et qui, un jour ou l'autre, ont subi le bras guerrier de cet empereur conquérant.

Mais le bras de Sélénia va réparer tout ça et laver la mémoire des anciens, salie par des années d'esclavage et de déshonneur.

Les yeux rivés sur son ennemi, elle avance lentement, le souffle court, le cœur battant la chamade. Son bras s'élève progressivement dans les airs. Bien haut, comme pour être à la hauteur de la vengeance, à la hauteur de la punition.

En attendant, l'épée est à la hauteur du bout d'une stalactite, beaucoup plus basse que les autres. Au contact de la pierre, la lame produit un petit bruit strident. Pas grand-chose en vérité, mais suffisamment pour déranger ce lugubre silence que seul un vent glacial semble apprécier.

La silhouette se fige sur place, un fruit à la main. Sélénia fait de même. Elle est aussi immobile que les sculptures qui pendent au plafond.

L'homme repose délicatement le fruit et pousse un long et calme soupir.

Il tourne cependant toujours le dos à Sélénia. Il penche seulement sa tête en avant, comme accablé par cette présence qu'il semblait attendre.

— J'ai passé des jours entiers à polir cette épée, afin que sa lame soit parfaite. Je reconnaîtrais, entre mille, le son qu'elle produit.

La voix de l'homme est caverneuse. Les parois de sa gorge doivent être sacrément abîmées car l'air qui y passe siffle étrangement, comme au contact d'une râpe à fromage. Il faudrait lui dire de refaire la tuyauterie, ne peut s'empêcher de penser Sélénia, mais elle sait que l'homme n'a que faire de ses conseils.

— ... Et qui donc, à part toi, Sélénia, a pu sortir cette épée de la roche ? dit l'homme, avant de se retourner lentement.

Maltazard montre enfin son visage et on le regrette déjà.

C'est une horreur ambulante. Déformé, à moitié rongé, creusé par le temps, sa figure n'est plus qu'un champ dévasté. Des croûtes se sont formées çà et là autour de plaies encore suintantes. La douleur doit être permanente et elle se lit dans son regard d'homme usé par la vie. On aurait pu s'attendre à n'y voir que du feu et de la haine. Bien au contraire.

Ses yeux ont la tristesse des animaux en voie d'extinction, la mélancolie des princes déchus et l'humilité des survivants.

Mais Sélénia ne plonge pas trop ses yeux dans ceux de Maltazard, elle sait qu'ils sont la plus redoutable de ses armes. Combien sont tombés dans le piège de son regard aimable et ont fini grillés comme des amandes ?

Sélénia met son épée devant elle, prête à parer un mauvais coup.

Elle observe Maltazard et le reste de son corps. Ça ne ressemble pas à grand-chose.

Moitié minimoy, moitié insecte, il semble en pleine décomposition.

Quelques raccommodages grossiers tiennent les parties les unes aux autres et sa longue cape, vaguement transparente, dissimule le reste comme elle peut.

Ses mâchoires s'entrouvrent légèrement. Ça doit être un sourire mais on a mal pour lui.

— Je suis content de vous voir, princesse, dit-il d'une voix qu'il essaye d'adoucir. Vous m'avez manqué, ajoute-t-il, apparemment sincère.

Sélénia se redresse et lève son menton, comme une courageuse petite fille.

— Pas moi ! lui balance-t-elle. Et je suis venue pour vous tuer !

Clint Eastwood n'aurait pas fait mieux. Elle plante son regard dans celui de Maltazard, prête pour un éventuel duel, ignorant totalement la taille impressionnante de son adversaire. C'est David contre Goliath, Mowgli contre Sherkan.

— Pourquoi tant de haine ? lui demande Maltazard, que l'idée d'un combat fait sourire davantage.

— Tu as trahi ton peuple et massacré tous les autres, sauf ceux que tu as mis en esclavage ! Tu es un monstre !

— Ne parle pas de monstre !! s'emporte Maltazard, dont le visage a subitement viré au vert. Ne parle pas de ce que tu ne connais pas ! ajoute-t-il, avant de se calmer légèrement. Si tu savais comme c'est douloureux de vivre dans un corps mutilé, tu parlerais autrement.

— Ton corps était en parfait état, quand tu as trahi les tiens ! Ce sont les dieux qui t'ont infligé cette punition ! lui rétorque la princesse, bien décidée à ne rien céder.

Maltazard lâche un rire bien gras et tonitruant, comme un canon crache un boulet.

— Ma pauvre enfant... si seulement l'histoire pouvait être aussi simple, ou si seulement je pouvais l'oublier..., avoue Maltazard en soupirant.

Tu n'étais qu'une enfant quand j'ai quitté ton village. À l'époque on m'appelait Maltazard le bon, Maltazard le guerrier ! Celui qui veille et qui protège ! ajoute-t-il, avec des larmes dans la voix.

C'est vrai qu'à l'époque, Maltazard était un beau prince, fort et souriant. Il mesurait trois têtes de plus que tout le monde, ce qui lui valait les moqueries de ses camarades.

— Ses parents ont dû se tromper sur les doses de lait de gamoul ! s'amusait-on à dire, avec beaucoup de gentillesse.

Cela le faisait sourire. Il n'avait pas tellement d'humour mais il savait que ces plaisanteries n'étaient que des compliments déguisés. Tout le monde admirait sa force et son courage.

À la mort de ses parents, dévorés pendant la guerre des Sauterelles qui opposa les deux peuples pendant plusieurs lunes, personne ne se risqua à de nouvelles plaisanteries, si gentilles fussent-elles.

Maltazard devint adulte sans que jamais cette douleur ne lui quittât le ventre.

Fidèle aux principes que lui avaient légués ses parents, il était courageux et serviable. Son sens de l'honneur et de la patrie s'était fortement développé.

Le village entier était devenu sa seule famille et il aurait lutté jusqu'à la mort pour la défendre.

Quand vint la terrible sécheresse, qui dura près

de mille ans, il fallut envoyer une expédition pour chercher de l'eau. Même si les Minimoys n'aimaient pas se tremper dans ce liquide, il était néanmoins nécessaire pour les cultures et donc pour la survie du peuple minimoy.

C'est donc tout naturellement que Maltazard demanda la permission de commander l'expédition. L'empereur Sifrat de Matradoy, encore tout jeune à l'époque, lui donna le commandement, avec grand plaisir. Il représentait le fils qu'il voulait avoir et que Bétamèche deviendrait un jour. Mais en attendant le petit prince n'avait que quelques semaines, et l'empereur plaçait donc tous ses espoirs en lui.

Sélénia s'était battue comme une tigresse, car elle estimait que c'était à elle que revenait cette importante mission. Même si elle n'était pas plus haute qu'un pépin de groseille, elle se disait que seule une princesse de sang était digne de cette mission. L'empereur avait eu le plus grand mal à calmer son ardeur et avait dû lui promettre que, plus tard, ce serait à elle de servir son peuple.

Maltazard partit donc un beau matin, fier comme un conquérant, la poitrine gonflée d'ardeur et de courage, et il quitta le village sous les applaudissements et les sifflets d'encouragement. Quelques jeunes filles ne purent s'empêcher de verser des larmes en voyant passer ce héros national en route pour la gloire.

Après quelques jours, le voyage prit une autre tournure. La sécheresse avait touché toutes les terres. Les survivants s'étaient organisés en bandes et défendaient leurs biens avec ardeur. Maltazard et ses hommes durent essuyer plusieurs assauts de pillards, attaquant de jour comme de nuit, tombant des arbres, sortant de la boue ou encore venant des airs, poussés par des vents imprévisibles.

Le convoi fondait à vue d'œil et après seulement un mois de voyage, il n'y avait plus que la moitié des chariots, et un tiers des hommes pour les conduire.

Plus ils s'enfonçaient à l'intérieur des terres, plus les contrées étaient hostiles, peuplées de bêtes féroces dont il ignorait jusque-là l'existence. Les forêts étaient sillonnées par des hordes sanguinaires qui ne pensaient qu'à boire ou piller, plus généralement les deux en même temps. Et plus si affinités...

Chaque ruisseau ou puits naturel qu'ils découvraient était toujours désespérément vide. Il fallait pousser encore plus loin.

L'expédition, encore réduite de moitié, traversa des forêts carnivores, des lacs de boue séchée aux émanations hallucinogènes, puis des plateaux désertiques et contaminés, que même l'homme semblait avoir abandonnés.

Maltazard subit toutes ces souffrances, toutes ces humiliations, sans sourciller. Jamais il ne faillit à sa mission et quand, au cœur d'une montagne, quasiment impénétrable, il trouva enfin un petit filet d'eau fraîche, il fut soulagé.

Malheureusement, il ne restait plus qu'une seule charrette et quatre soldats pour la protéger. Maltazard et ses hommes remplirent la citerne à ras bord et s'engagèrent sur le chemin du retour.

La valeur de leur marchandise décupla la convoitise des tribus avoisinantes et le retour fut une horreur.

Finis les beaux principes, les règles de l'art, la chevalerie. Maltazard défendait son bien comme un chien affamé défend son os. Il devenait chaque jour plus monstrueux, n'hésitant pas à couper en deux tous ceux qui pouvaient représenter une menace, et il passa de l'art de la défense à l'art de l'attaque.

C'était, disait-il, la meilleure façon d'anticiper les problèmes.

Une bonne attaque, rapide et sanguinaire, évitait toute discussion et toute défense laborieuse.

Maltazard devenait, sans s'en rendre compte, un animal enragé, sans aucune limite, aveuglé par sa mission.

Ses derniers soldats moururent aux cours de sanglants combats et il finit seul le voyage, tirant à mains nues la citerne qui contenait le précieux liquide.

Il arriva au village au lever du soleil. Il fut accueilli par une clameur incroyable. Un accueil qu'on réserve uniquement aux véritables héros, ceux qui marchent sur la Lune ou sauvent des pays tout entiers, à coups de vaccins.

Tel un sauveur, Maltazard fut porté et ballotté à travers le village aux bouts des bras des plus valeureux.

Quand il arriva devant l'empereur, il eut juste le temps de lui dire que sa mission était remplie, avant de tomber inanimé, terrassé par la fatigue.

Sélénia regarde Maltazard raconter son histoire. Elle est définitivement intéressée, mais ne laisse aucune émotion troubler son visage. Elle connaît les pouvoirs de ce magicien qui manie probablement les mots aussi bien que les armes.

— Quelques mois plus tard, les maladies et les ensorcellements contractés pendant le voyage, commencèrent à... altérer mon corps, poursuit Maltazard, d'une voix pleine d'émotion.

La suite de l'histoire s'annonce des plus tragiques et des plus douloureuses à raconter.

— Peu à peu, la peur a envahi le village. La peur d'être contaminé. On s'éloignait à mon approche, on ne me parlait plus, ou très peu. Les sourires restaient polis mais forcés. Plus mon corps se détériorait, plus les gens me fuyaient. J'ai fini seul, dans ma hutte, coupé du reste du monde, seul avec ma douleur que personne ne voulait partager. Moi, Maltazard le héros, le sauveur du village, j'étais devenu, en quelques mois,

Maltazard... le maudit ! Jusqu'au jour où ils décidèrent de ne même plus prononcer mon nom et de m'appeler par une lettre : M... le maudit !

Le prince déchu semble tout retourné d'avoir réveillé tant de douloureux souvenirs.

Sélénia compatit quelques secondes. Ce n'est pas son genre de se moquer de la souffrance des autres, mais elle a bien l'intention, calmement, de rétablir la vérité.

— La version qui est dans les livres d'Histoire est un peu différente ! se permet-elle d'ajouter.

Maltazard se redresse, intrigué par ces propos. Visiblement il ne savait pas que sa petite histoire était couchée dans le livre de la grande Histoire.

— Et... que dit la version officielle ? demande Maltazard, avec une pointe de curiosité.

La princesse prend sa voix la plus neutre et récite ce qu'elle a consciencieusement appris sur les bancs de l'école. À cette époque son professeur d'Histoire était Miro, la taupe. Qui d'autre, mieux que lui, du haut de ses quinze mille ans, pouvait raconter la grande Histoire ? Sélénia adorait ces cours où Miro s'emballait, revivait les grandes batailles, versait sa larme à l'évocation des mariages et couronnements qu'il avait eu l'honneur d'organiser. Et puis, à chaque fois qu'il racontait les grandes invasions, il ne pouvait s'empêcher de monter sur les tables, emporté par son récit, cerné de toute part, luttant seul contre l'envahisseur. Il finissait ses cours en sueur et filait directement faire une bonne sieste.

L'histoire de Maltazard, il la connaissait par cœur et c'est probablement la seule qu'il racontait avec beaucoup de calme. Avec beaucoup de respect.

Maltazard était bien parti en héros, avec la bénédiction de l'empereur. L'expédition dura plusieurs mois et fut effectivement terrible.

Maltazard, qui avait appris la guerre selon des méthodes basées sur l'honneur et le respect, fut très vite obligé de réviser ses théories.

Le monde extérieur, affaibli par la sécheresse, était devenu un enfer dans lequel, pour survivre, il fallait devenir un diable.

De nombreux récits remontaient des contrées lointaines, colportés par quelques vendeurs ambulants ou voyageurs égarés, et le peuple minimoy pouvait suivre à distance la déchéance de leur héros qui, las des agressions, commençait à piller à son tour. Il se battait pour une noble cause et la survie de son peuple, mais il pillait et massacrait pour arriver à ses fins.

Cette contradiction mettait tout le monde un peu mal à l'aise. On volait, on égorgeait, au nom de la survie, au nom des Minimoys.

Le peuple était un peu perdu. Le grand conseil se réunit et commença un débat qui dura pendant dix lunes. Ils sortirent tous épuisés, mais avec un nouveau texte, qui fut appelé : « Le grand livre des pensées ».

Il servit de base à la grande réorganisation que l'empereur entama.

Une société plus juste, fondée sur le respect des gens et des choses.

En quelques semaines, le village s'était métamorphosé. Plus rien n'était coupé ou arraché sans qu'on ait pensé à la conséquence d'un tel geste. On ne jetait plus rien. On se réunissait pour savoir comment récupérer, réutiliser. C'était le troisième commandement. Une phrase qu'avait prononcée Archibald le bienfaiteur, des années auparavant, et qui avait marqué les esprits.

« Rien ne se perd, rien ne se crée, tout se transforme. » Il avait avoué que la phrase n'était pas de lui, mais qu'importe.

Le deuxième commandement était tiré d'un livre dont Archibald, encore lui, parlait souvent mais dont personne ne put se rappeler le titre. « Aime et respecte ton voisin, autant que toi-même. » Ce commandement était très apprécié et tout le monde s'y tenait, avec une application inégalable. On se souriait davantage, on se saluait, on s'invitait à partager les repas, même si la sécheresse en avait sérieusement réduit l'intérêt.

Le premier commandement était de loin le plus important et il avait été inspiré directement par la mésaventure de Maltazard.

« Aucune cause ne mérite la mort d'un innocent. » Le conseil avait adopté la phrase sans discussion et l'avait choisie comme premier commandement à l'unanimité. Les commandements étaient au nombre de trois cent soixante-cinq. Un par fleur. Et chaque jour un Minimoy digne de ce nom se devait de chérir un commandement.

Si Maltazard avait cruellement changé pendant son voyage, la société des Minimoys avait elle aussi fait un sacré chemin, et, quand Maltazard arriva au village avec son chariot tiré par une dizaine d'esclaves qu'il avait formés en cours de route, il reçut un accueil mitigé.

Bien sûr, l'empereur le remercia pour cette eau salvatrice qu'on s'empressa de stocker, mais il n'eut pas droit à la fête qu'il espérait.

On libéra tout d'abord les esclaves, en leur donnant de quoi se nourrir pour quelques jours, puis on pria longtemps pour tous les Minimoys qui n'étaient pas revenus de l'expédition. Maltazard était le seul survivant. Le seul donc à pouvoir nous raconter comment ses troupes se firent décimer et beaucoup de Minimoys avaient des doutes sur les circonstances exactes de ces disparitions.

Mais Maltazard n'avait que faire de ses insinuations et il prenait grand plaisir à narrer ses exploits qu'il décrivait avec beaucoup de fougue, mettant en avant sa bravoure et son courage qui augmentaient à chaque fois qu'il racontait à nouveau l'histoire.

Les gens l'écoutaient poliment en vertu du huitième commandement qui reconnaissait à chacun le droit de s'exprimer et du commandement numéro cinq cent quarante-sept qui précise qu'il est impoli de couper la parole.

Mais très vite les exploits de Maltazard le glorieux n'intéressèrent plus personne. Il aurait pu partager ses souvenirs avec ses hommes, s'ils n'avaient pas tous péri dans des circonstances mal connues.

Maltazard se retrouva effectivement seul. Face à lui-même. Face à son passé.

Miro lui avait bien conseillé de parcourir « Le grand livre des pensées », mais Maltazard ne voulait rien entendre, et encore moins lire. Et puis comment avaient-ils pu écrire un tel ouvrage, sans même attendre son avis ?

Il avait sillonné les Sept Terres, en long, en large et en travers. Il avait combattu les peuples les plus redoutables, essuyé des tempêtes indescriptibles, vaincu des animaux qu'une imagination délirante n'aurait pu inventer. Toute cette expérience n'était même pas prise en compte et Maltazard en était profondément vexé.

— Ce n'est pas un guide de la guerre que nous avons essayé d'écrire, mais un guide de bonne conduite ! lui avait répondu Miro.

La réponse avait mis Maltazard dans une colère noire. Il quitta le village et partit se saouler dans tous les bars avoisinants, racontant ses faits de guerre à qui voulait bien les entendre.

Tous les jours, il s'enfonçait davantage dans l'alcool et la débauche, jusqu'à fréquenter les pires des insectes, souvent vénéneux, dont une très jeune coléoptère, d'apparence plutôt mignonne qui...

— Tais-toi ! hurle tout à coup Maltazard.

Écouter le récit officiel lui devient insupportable.

Sélénia lui sourit. À en croire les gouttes de sueur qui perlent sur le front de Maltazard, il y a de fortes chances que sa version de l'histoire soit plus proche de la vérité que celle de Maltazard.

— Je n'ai croisé cette jeune fille qu'une seconde ! se défend-il, comme un coupable démasqué.

— Tu lui as donné tes pouvoirs, elle t'a donné les siens ! rétorque la princesse, toujours aussi tranchante.

— Ça suffit ! hurle Maltazard, fou de rage.

Ce qui ne lui va pas très bien, car, dès qu'il s'énerve, les plaies de son visage s'entrouvrent légèrement, laissant échapper une vapeur nauséabonde, comme si la pression qui est à l'intérieur se devait, coûte que coûte, de trouver un chemin vers l'extérieur.

Sélénia n'est nullement impressionnée, seulement touchée par la douleur qu'elle peut lire sur le visage de Maltazard.

S'il ne supporte pas qu'on le contredise, il ne supporte pas davantage qu'on le regarde droit dans les yeux et encore moins avec compassion. Il fait volte-face et commence à faire les cent pas dans son immense salon de marbre, histoire d'évacuer son énervement.

— J'ai effectivement fêté mes victoires dans quelques bars avoisinants ! Les gens étaient tellement passionnés par mes récits qu'il aurait été cruel de les en priver !

— Ben voyons ! murmure Sélénia entre ses dents.

— Je me souviens d'une soirée mémorable où j'ai rencontré une remarquable indigène, issue d'une très bonne famille, se défend Maltazard, en racontant l'histoire comme ça l'arrange.

— Une coleroptis-venemis, agréable à regarder mais dangereuse à fréquenter ! précise Sélénia.

— J'étais saoul ! s'exclame Maltazard, qui commence à montrer son vrai visage.

— Quand on ne supporte pas l'alcool, on ne boit pas ! rétorque la princesse.

— Je sais ! je sais ! répond Maltazard, agacé par le bon sens de Sélénia. Je me suis laissé un peu aller, porté par le souvenir, porté par l'alcool. Elle me tournait autour. Elle buvait mes paroles...

— ... Et toi, tu buvais des Jack-fires, ajoute Sélénia, qui n'en rate pas une.

— Oui !! avoue-t-il, excédé. Et à la faveur de la nuit, de cette pénombre colorée, elle m'a probablement arraché un baiser..., finit-il par admettre avec tristesse. Un baiser langoureux et... vénéneux. Dans les jours qui suivirent, je commençai à me décomposer, rongé par le venin qui attaquait tout mon corps. Voilà comment un seul baiser a gâché toute ma vie.

— Un seul baiser suffit à te lier pour la vie, le Minimoy que tu étais aurait dû s'en souvenir, lui rappelle Sélénia, mais Maltazard ne l'écoute plus.

La nostalgie et la tristesse l'ont envahi.

— J'ai quitté le village à la recherche de guérisseurs capables d'arrêter ce maléfice. J'ai servi de cobaye pour toutes sortes de breuvages, on m'a fait manger les plats les plus infects, recouverts des crèmes les plus repoussantes. On m'a même fait manger des vers, dressés pour se nourrir de ce poison. Ils sont tous morts avant même d'avoir atteint mon estomac. Dans la Cinquième Terre, j'ai croisé quelques jeteurs de sorts qui m'ont pris beaucoup d'argent pour des amulettes ridicules. J'ai fumé toutes les racines qu'on peut trouver dans le royaume, rien n'a pu apaiser ma douleur. Une vie entière gâchée à cause d'un simple baiser.

Maltazard soupire, accablé par cette triste vérité qu'il ne peut oublier.

— La prochaine fois, choisis mieux ta partenaire, lui dit Sélénia en cherchant à le piquer au vif.

Maltazard n'apprécie pas ce coup bas et lui lance un regard noir.

— Tu as raison, Sélénia, dit-il en se redressant, la prochaine fois je choisirai la plus belle des partenaires, comme une fleur magnifique, que j'ai vue grandir et que j'ai toujours rêvé de cueillir.

Maltazard s'est remis à sourire et Sélénia s'inquiète.

— Un arbre guérisseur a eu la bonté de me confier le secret qui pouvait me guérir du mal qui me ronge.

— Les arbres sont toujours de bon conseil, reconnaît Sélénia qui, instinctivement, a reculé d'un pas.

Elle a bien fait car Maltazard, sans même s'en rendre compte, en a fait un vers elle.

— Seuls les pouvoirs d'une fleur royale, libre, pure pourraient me libérer de l'enchantement dont je fais l'objet et me redonner une apparence un peu plus humaine. Un seul baiser de cette fleur adorable et je serais sauvé !

Maltazard avance doucement, comme pour mieux tester la résistance de sa victime.

— Le baiser d'une princesse n'a de pouvoir que s'il est unique ! rétorque Sélénia, bien renseignée sur le sujet.

— Je sais ! mais si mes renseignements sont bons... tu n'es toujours pas mariée ? dit-il avec assurance, trop content de voir son piège se refermer.

— Tes renseignements datent un peu, dit-elle, simplement.

Maltazard se raidit tout à coup. Si cette nouvelle est vraie, c'est une catastrophe, ainsi que l'assurance de passer le reste de sa vie dans cette pauvre carcasse.

Darkos toussote sur le côté et se permet d'entrer dans la pièce.

Il doit y avoir urgence pour qu'il bouscule ainsi le protocole, qui l'oblige d'habitude à se faire annoncer et à attendre que son père daigne le voir.

Maltazard l'autorise à approcher, d'un léger signe de tête, sentant que l'objet de sa visite est de la plus haute importance.

Darkos s'approche de son père avec précaution (on ne sait jamais de quoi il est capable) et murmure quelques mots à son oreille.

À l'annonce de cette nouvelle, les yeux de Maltazard doublent de volume.

La princesse s'est mariée sans prévenir, sans même lancer d'invitations.

Maltazard encaisse le choc. Tout espoir de retrouver un jour une vie normale vient de s'écrouler, comme ça, en quelques secondes, en une seule petite nouvelle. Comme quoi la vie peut ne tenir qu'à une nouvelle, un baiser, un fil.

Il reste groggy quelques instants, comme un boxeur surpris par un crochet.

Ses jambes flageolent, mais il se ressaisit.

C'est ce qu'il fait, depuis des lunes, se ressaisir, se tenir, patienter. Il a absorbé plus de coups, dans sa vie, qu'un punching-ball de démonstration.

Il pousse un soupir, en essuyant cette nouvelle défaite, amère et irrévocable.

— Bien joué ! dit-il à la princesse, qui s'attend déjà à des représailles. Tu es plus intelligente que je ne le pensais. Pour ne pas prendre le risque de succomber à mon charme, tu as offert ton cœur au premier venu.

— En l'occurrence, c'est plutôt le dernier venu, réplique-t-elle, avec un peu d'humour.

Maltazard lui tourne le dos et s'approche lentement du chariot de fruits.

— Tu as donné à ce jeune enfant un cadeau inestimable, dont il ignore lui-même la valeur, et dont il ne fera rien. Tu avais le pouvoir de me sauver la vie et tu ne l'as pas fait. Ne compte pas sur moi pour épargner la tienne, dit-il en saisissant une énorme groseille. Et pour te faire comprendre ce que fut mon calvaire, tu vas souffrir un peu, avant de mourir. Une souffrance absolument pas physique, rassure-toi. Elle ne sera que morale, ajoute-t-il, avec une pointe de sadisme.

Sélénia s'attend au pire.

— Avant de mourir, tu verras de tes yeux ton peuple se faire exterminer dans la douleur la plus horrible, lâche Maltazard, d'une voix rauque et sans ambiguïté.

Il y a les mots pour faire peur et les mots qui font peur. Ceux-là ont pétrifié d'horreur Sélénia.

Maltazard regarde sa groseille, comme s'il était déjà passé à autre chose.

Ou peut-être observe-t-il le fruit comme il observe ses victimes, avant de les dévorer.

Une larme coule le long de la joue de Sélénia. Son sang commence à bouillir, sans que cela ne se voie. Une bouffée de chaleur, de haine, monte en elle et rien ne peut plus l'arrêter.

Elle saisit son épée brusquement, lève un bras vengeur et lance la dague de toutes ses forces. L'épée fend l'espace comme un éclair et vient se planter dans Maltazard. Malheureusement, dans une partie où le prince maudit n'a plus de corps. Par contre, elle a cloué la groseille au chariot.

Maltazard regarde cette épée qui lui traverse le corps, sans même le toucher.

Pour une fois que son corps mutilé lui sert à quelque chose ! pense-t-il, émerveillé de voir comment le destin joue avec sa vie.

Lui qui maudissait, il y a encore quelques secondes, ce corps meurtri à jamais, le voilà maintenant qui s'en félicite.

Il regarde un instant le jus, rouge sang, qui s'écoule du fruit transpercé par la lame, et met son doigt en dessous pour en recueillir quelques gouttes.

— Je boirai le sang de ton peuple, comme je bois celui de ce fruit ! dit-il, plus diabolique que jamais.

À ces mots, Sélénia n'écoute plus sa peur, mais son cœur qui s'emballe.

Elle se rue sur Maltazard, malheureusement trop tard. Des séides arrivent maintenant de toutes parts et entourent Darkos qui s'est jeté devant son père pour le protéger.

Les gardes empoignent Sélénia sans ménagement et l'immobilisent totalement.

Impossible d'échapper aux mains de ces montagnes d'acier et de muscles.

La princesse est perdue, désarmée, humiliée.

Maltazard arrache l'épée plantée dans le bois, et se tourne vers Sélénia.

Il l'observe un instant, comme si le désarroi de cette petite femme lui procurait du plaisir.

— Ne regrette rien, Sélénia, lui dit-il, d'une voix qui se veut rassurante. Même si tu m'avais épousé, je te rassure... j'aurais exterminé ton peuple quand même !

Sélénia sent la détresse la submerger. Elle fond en larmes.

— Tu es un monstre, Maltazard !

Le prince des ténèbres ne peut s'empêcher de sourire. Il a entendu cette insulte tellement de fois.

— Je sais, je tiens ça de ma femme, répond-il, avec un humour aussi noir que son regard. Emmenez-la ! ordonne Maltazard, avant de jeter la groseille dans le chariot, sans même y avoir goûté.

9

Arthur est à genoux, devant les barreaux de sa prison. À force de les avoir secoués, il n'a plus de force.

— Je suis à peine marié et j'ai déjà l'impression d'être veuf. Veuf et prisonnier ! constate-t-il, écœuré.

Cette pensée suffit à lui redonner un peu de courage. Il se lève à nouveau et secoue les barreaux pour la millionième fois. Rien n'y fait. Les barreaux de prison sont prévus pour résister à tous les assauts.

— Il faut qu'on sorte d'ici, Bétamèche, il faut trouver une idée !! hurle-t-il, autant pour convaincre son ami que lui-même.

— Mais je cherche, Arthur, je cherche ! assure Bétamèche, confortablement calé dans un minuscule lit d'herbe, et qui semble chercher le sommeil plutôt qu'une idée.

— Comment peux-tu penser à dormir dans un moment pareil ! s'indigne Arthur.

— Mais je ne dors pas ! rétorque le petit prince avec beaucoup de mauvaise foi. Je réunis toutes les énergies que j'utilise d'habitude pour marcher, parler, manger et je les regroupe... en une seule et même... énergie... afin de... mieux pouvoir...

— T'endormir ! conclut Arthur qui voit son ami sombrer lentement dans le sommeil.

— ... C'est cela..., répond Bétamèche qui s'endort définitivement.

Arthur lui met un grand coup de pied dans les fesses aussi efficace qu'une douche glacée. Bétamèche est sur pied en moins de temps qu'il n'en faut pour le dire.

Arthur colle son visage contre le sien.

— Les pouvoirs ? les pouvoirs qu'elle m'a donnés en m'embrassant ? demande Arthur.

— Oui, un très beau baiser, très prometteur, commente Bétamèche.

— Quels sont-ils exactement, ces pouvoirs ? insiste le jeune marié.

— Ah ça !... je ne sais pas ! répond le petit frère avec certitude.

— Comment ça, tu ne sais pas ?

— Ben, ce sont les siens, de pouvoirs ! Il n'y

a qu'elle qui sait ce qu'elle t'a légué ! répond Bétamèche, comme si c'était une évidence.

Arthur est atterré.

— C'est la meilleure de l'année, celle-là ! Elle me laisse des pouvoirs, mais elle ne me dit surtout pas lesquels, au cas où je m'en servirais, au cas où j'en aurais besoin ! Vous avez un sens du partage assez particulier dans votre tribu !? peste Arthur, que cette situation incohérente commence à fatiguer.

— Ce n'est pas tout à fait comme ça que ça marche chez nous, lui répond Bétamèche avec un peu de malice. Normalement quand tu te maries avec une personne, c'est que tu la connais et l'apprécies. Quand le mariage est prononcé, elle ne doit pas avoir besoin de te dire ce qu'elle t'offre. Tu dois le savoir.

— Mais je la connais que depuis deux jours ! hurle Arthur, totalement excédé.

— Oui, mais tu t'es quand même marié avec elle ? rétorque le jeune frère, soulignant ainsi la légèreté de son camarade.

— J'avais une épée sur la gorge ! se défend Arthur, en toute bonne foi.

— Ah ?! tu veux dire que tu n'aurais pas eu une épée sous la gorge, tu ne l'aurais pas épousée ?

— Bien sûr que si ! répond Arthur en s'énervant.

— Et tu aurais bien fait ! c'était un très beau

mariage ! conclut Bétamèche, dont la logique nous échappe.

Arthur le regarde comme une poule regarderait une télécommande.

Il a l'impression d'être un vieux chevalier qui se bat sans répit contre des moulins à vent. Ses nerfs ne vont pas tarder à lâcher.

— C'était un beau mariage et je te promets aussi un bel enterrement si tu ne m'aides pas à sortir d'ici !!! hurle-t-il en lui sautant à la gorge.

— Arrête ! tu m'étrangles ! gémit Bétamèche.

— Oui, je sais que je t'étrangle ! Je suis content de constater qu'il y a quand même quelque chose que l'on voit de la même façon ! lui crie Arthur dans les oreilles.

— Arrêtez de vous chamailler ! lance une voix du fond du cachot.

C'est une voix douce mais usée. Probablement par le malheur et les années.

— C'est inutile de maltraiter ce pauvre garçon ni même ces fidèles barreaux. Rien ni personne ne sort jamais d'une prison de Nécropolis, ajoute l'inconnu, allongé sur le côté, au fond de la cellule.

Arthur scrute la pénombre pour voir d'où vient cette voix fatiguée.

Il aperçoit une silhouette. Un homme couché sur le flanc, dont on ne voit que la courbure du dos. Probablement un pauvre fou, pense Arthur, car il faut l'être un peu pour rester dans cet endroit et ne rien tenter, et il se rue à nouveau sur les barreaux.

— Ne vous fatiguez pas ! gardez plutôt vos forces si vous voulez manger ! intervient une nouvelle fois le vieil homme.

Arthur est obligé de constater qu'il ne progresse pas beaucoup du côté des barreaux. Il s'approche du vieil homme, intrigué par son conseil.

— Comment ça ? ce n'est pas si compliqué de manger ! pourquoi faudrait-il garder des forces ? demande Arthur pour engager la conversation.

— Si tu veux manger, explique le vieil homme, toujours couché sur le côté, il faut tous les jours leur apprendre quelque chose. Sinon tu ne manges pas. Et impossible de tricher ! J'ai essayé de leur refourguer des vieilles inventions, même un an plus tard, ça ne marche pas ! C'est qu'ils ont de la mémoire, ces abrutis-là ! C'est peut-être d'ailleurs la seule chose qui est bonne en eux ! En attendant, c'est la règle. Ils te remplissent la panse d'un côté et te vident le cerveau de l'autre.

» La connaissance est la seule richesse par ici, et le sommeil, le seul luxe, ajoute-t-il avant de chercher une position plus confortable pour replonger dans sa sieste.

Tout cela intrigue évidemment notre petit bonhomme qui se gratte la tête. Et puis il y a la voix de ce vieil homme qui, sans lui être familière, lui rappelle quelque chose, ou plutôt quelqu'un.

— Quel genre de choses ils veulent savoir ? demande Arthur, cherchant à la fois à connaître la réponse et à entendre à nouveau la voix qui va la donner.

— Bof ! ils ne sont pas très regardants, ils mangent de tout ! explique le vieil homme. Ça va des lois physiques et mathématiques à comment faire cuire les petits pois. Du théorème au thé à la menthe, ajoute-t-il avec humour.

Un humour qui surprend Arthur. Il ne connaît qu'une seule personne capable de garder un peu de distance dans une situation pareille. Une personne qui lui est chère et qui a disparu depuis maintenant trop longtemps.

— Je leur ai appris à lire, à écrire, à dessiner...

— À peindre ! ajoute Arthur qui n'ose pas croire ce qu'il vient de comprendre.

Ce vieil homme serait-il son grand-père, Archibald, disparu depuis quatre ans ? Comment pourrait-il le reconnaître, sinon par sa voix ?

Arthur était si petit quand son grand-père a disparu et même s'il se souvient de lui physiquement, son image s'est un peu estompée avec le temps.

Maintenant qu'il fait deux millimètres et qu'il ressemble à un Minimoy, il sera bien difficile de le reconnaître.

Le vieil homme est intrigué par les derniers mots d'Arthur.

— Que dis-tu, mon garçon ? demande-t-il poliment.

— Vous leur avez appris à dessiner et à peindre. Des toiles géantes pour tromper l'ennemi. Appris aussi à transporter l'eau, à apprivoiser la lumière à l'aide de grands miroirs...

Comment diable ce petit bout de jeune garçon peut-il savoir tout ça ? se demande le vieil homme.

Il décide alors de se retourner, pour voir le visage de son interlocuteur.

— Oui, effectivement, mais... comment sais-tu tout ça ?

Arthur observe ce vieux visage rongé par la barbe. Deux petites fossettes rigolotes, un œil encore pétillant, des petites rides au coin des lèvres à force d'avoir trop souri. Il n'y a plus de doute à avoir, ce Minimoy un peu fripé n'est autre qu'Archibald, son grand-père.

— Parce que je suis le petit-fils de cet inventeur, répond Arthur que l'émotion commence à envahir.

Le vieil homme a peur de comprendre. Il retient la joie qui monte en lui.

— ... Arthur ? finit-il par demander, comme s'il demandait la Lune.

Le petit garçon sourit largement et acquiesce d'un signe de tête.

Archibald n'en croit pas ses yeux d'enfant. La vie vient de lui envoyer le plus beau cadeau de tous les Noëls. Il se lève et se jette dans les bras d'Arthur.

— Oh ! mon petit-fils ! mon Arthur ! comme je suis content de te revoir ! lui dit-il, entre deux bouffées d'émotion.

Les deux hommes se serrent tellement fort l'un contre l'autre qu'ils ont du mal à respirer.

— J'ai tellement prié pour te revoir, te toucher encore au moins une fois ! Quel bonheur de voir enfin mes prières s'exaucer ! Merci, mon Dieu !

Une larme coule sur sa joue qu'absorbent les rides de son visage tout plissé. Puis il repousse légèrement Arthur pour mieux l'observer.

— Laisse-moi te regarder !

Il le dévore des yeux, tellement fier, tellement heureux.

— Comme tu as grandi ! C'est incroyable !

— J'ai plutôt le sentiment d'avoir rapetissé ! lui répond Arthur.

— Oui, c'est vrai ! approuve Archibald, et les deux hommes se mettent à rire.

Le vieil homme est obligé de toucher encore son petit-fils, tellement il a du mal à y croire. Il veut s'assurer qu'il ne s'agit pas d'une mauvaise blague de Maltazard, d'un de ses fameux tours de magie, que tout ça n'est pas qu'une illusion. Mais les petits bras d'Arthur sont bien de chair et d'os. Des petits bras maintenant bien musclés. Ce n'est plus le bébé qu'il a connu.

C'est aujourd'hui un beau petit garçon que

cette aventure a rendu très mûr pour son âge. Archibald est réellement épaté par son petit-fils.

— Mais comment as-tu fait pour arriver jusqu'ici ?

— Ben... j'ai trouvé ton énigme ! répond simplement Arthur.

— Ah ?! oui, c'est vrai ! J'avais complètement oublié !

— Et les Matassalaïs ont eu ton message et sont venus m'aider pour le passage ! ajoute Arthur.

— Ils sont venus d'Afrique, juste pour me délivrer ?! s'émeut Archibald.

— Ben... oui. Je crois qu'ils t'aiment beaucoup. Mais au dernier moment, c'est à moi qu'ils ont confié la mission de te libérer !

— Ils ont bien fait ! Archibald est ravi et il tapote les joues de son petit-fils. C'est formidable ! Tu es un véritable héros ! Je suis tellement fier de toi !

Archibald l'attrape par le cou et l'emmène vers sa paillasse, comme il l'aurait fait dans son salon.

— Allez, raconte-moi ! Quoi de neuf ? Je veux tout savoir sur toi ! lui dit le grand-père en l'obligeant à s'asseoir.

Arthur ne sait pas vraiment par quel bout commencer. L'histoire est si riche, si compliquée. Il décide de commencer par la fin.

— Ben... je me suis marié.

— Ah bon ? s'étonne Archibald qui n'attendait pas ce genre de nouvelle. Mais... quel âge as-tu ?

— Ben... presque mille ans ! répond Arthur pour se justifier.

— Ah oui ! c'est vrai ! dit Archibald, un sourire complice au coin des lèvres.

Cela lui rappelle le petit Arthur qui, à quatre ans déjà, voulait qu'on lui achète un couteau suisse, estimant qu'il était maintenant assez grand pour couper sa viande tout seul.

Son grand-père lui avait répondu qu'à quatre ans, il était effectivement déjà très grand mais que pour avoir son propre couteau, il fallait être très vieux.

— Et il faut avoir quel âge pour être vieux ? avait alors demandé le petit Arthur qui déjà ne lâchait jamais prise.

— Dix ans ! lui avait répondu Archibald, pour se donner un peu de temps.

Le temps les avait rattrapés et se jouait de leurs paroles.

— Et qui est l'heureuse élue ? demande le grand-père, curieux comme un lapin.

— La princesse Sélénia, confie Arthur, osant à peine montrer sa fierté.

— Je n'aurais jamais rêvé de plus adorable belle-fille ! se réjouit Archibald. As-tu déjà rencontré sa famille ?

Arthur indique du doigt Bétamèche qui roupille près des barreaux.

— Le brave Bétamèche ! je ne l'avais pas reconnu ! Il faut dire aussi que c'est bien la première fois que je le vois aussi calme ! On dirait qu'il a trouvé son maître ! dit Archibald, un brin flatteur.

Arthur hausse les épaules, gêné par le compliment.

— Mon petit Arthur, marié à une princesse ! Archibald n'en revient pas. Te voilà futur roi, mon fils !... le roi Arthur ! ajoute-t-il, solennellement.

Arthur est embarrassé. Il n'a pas vraiment l'habitude qu'on lui fasse autant de compliments.

— Un roi en prison n'est pas vraiment un roi. Allez, grand-père ! il faut absolument qu'on sorte d'ici !

Arthur retourne aussitôt à ses barreaux.

Avec son énergie et le génie de son grand-père, il n'est pas possible qu'ils n'arrivent pas à quitter cette satanée prison !

Mais Archibald n'a pas bougé.

— Et ta grand-mère ? comment va ta grand-mère ? demande-t-il, ignorant Arthur et sa demande.

— Tu lui manques beaucoup. Allons-y ! répond l'enfant.

— Bien sûr, bien sûr... et la maison ? comment va la maison ? Et le jardin ? elle s'en occupe bien j'espère ? questionne Archibald.

— Le jardin est parfait ! Mais si on n'est pas

de retour avant midi avec le trésor, il ne restera pas grand-chose ni du jardin, ni de la maison ! insiste Arthur, en le tirant par la manche.

— Bien sûr, mon fils, bien sûr... et le garage ? Tu n'as pas tout dérangé, j'espère ? Tu étais déjà tellement bricoleur quand tu étais petit ! se souvient Archibald, avec nostalgie.

Arthur se plante devant lui, l'attrape par les épaules et le secoue comme un somnambule.

— Grand-père ?! tu entends ce que je te dis ?!

Archibald se dégage un peu et soupire.

— Bien sûr que je t'entends, Arthur, mais... personne ne s'échappe des prisons de Nécropolis ! Jamais ! dit-il avec tristesse.

— C'est ce qu'on va voir ! En attendant, sais-tu au moins où est le trésor ?

Archibald dodeline de la tête, comme un chien sur la plage arrière d'une voiture.

— Le trésor est dans la salle du trône et M le maudit est assis dessus.

— Pas pour longtemps ! promet Arthur, qui a retrouvé toute sa fougue.

— Sélénia est partie s'occuper de lui et, la connaissant, il ne va pas rester grand-chose de ce satané Maltazard !

Bétamèche se réveille en sursaut à l'annonce de ce nom maléfique, ce mot porte-malheur. C'est toujours quand il s'emballe qu'Arthur met les pieds dans le plat.

Archibald fait un signe de croix pour conjurer

le mauvais sort, mais il est déjà trop tard. Le malheur n'est jamais en retard.

La porte de la prison s'ouvre et on y jette Sélénia, qui s'étale de tout son long.

Un séide referme rapidement la porte à clé, et la patrouille s'éloigne.

Arthur se précipite sur Sélénia et la prend tendrement dans ses bras.

Il essuie son visage couvert de poussière et arrange un peu ses cheveux décoiffés.

Sélénia est touchée par ces attentions délicates et se laisse faire.

De toute façon, elle est trop faible pour résister.

— J'ai échoué, Arthur, je suis désolée, dit-elle, avec une infinie tristesse.

Jamais la princesse n'a été aussi perdue, désorientée. Son petit cœur n'était donc pas de pierre et sa carapace ne cachait que son manque de confiance et sa sensibilité.

— Tout est perdu, ajoute-t-elle, avant de laisser ses larmes couler là où elles veulent.

Arthur les efface délicatement, du bout des doigts.

— Tant qu'on est vivants et qu'on s'aime un petit peu... rien n'est perdu ! affirme-t-il, d'une voix qui se veut douce et rassurante.

Sélénia lui sourit, impressionnée par son optimisme à toute épreuve.

Elle a décidément fait le bon choix. Et puis, il y a tellement de belles choses qui passent dans le regard d'Arthur. On y voit de la bonté, de la générosité, mais aussi du courage et de la ténacité. Toutes ces belles qualités qui font d'un homme un prince. Sélénia lui adresse un sourire et son regard se noie dans le sien.

Le problème : quand Sélénia vous regarde comme ça, plus rien d'autre au monde n'a d'importance. C'est comme un brasero au milieu de la toundra, un parasol au milieu du désert, une gratouille à deux mains au milieu du dos.

Arthur la contemple et fond comme une boule de glace jetée sur la braise de ses yeux. Il se penche en avant, sans même s'en rendre compte, aimanté par ces yeux magnifiques comme des perles d'amour et par ces lèvres brillantes comme une rose du matin.

Leurs bouches se rapprochent doucement, paresseusement, tandis que leurs paupières se ferment au fur et à mesure, gentiment. Dangereusement.

C'est d'ailleurs pour cette raison qu'au moment où leurs lèvres allaient se trouver, Bétamèche glisse sa main entre leurs deux becs.

— Je ne voudrais pas vous importuner mais... je pense qu'il serait préférable, malgré la situation, de respecter le protocole et la tradition, dit Bétamèche, navré d'avoir à faire cette intervention.

Ces quelques mots réveillent notre jeune princesse, qui sort instantanément du doux rêve dans lequel elle était en train de glisser.

Elle se racle la gorge, se redresse et arrange sa tenue toute chiffonnée.

— Il a mille fois raison ! Où avais-je la tête ?

La vraie princesse, l'officielle, vient de se réveiller. Arthur est frustré, comme un chiot qui a perdu sa balle.

— Mais euh... quelle tradition ? demande-t-il, un peu perdu.

— Une tradition ancestrale, règle essentielle du protocole que tout mariage se doit de suivre à la lettre ! explique la princesse.

— ... Oui, mais encore ? interroge Arthur, absolument pas éclairé par ces explications.

— Une fois le premier baiser donné, celui qui scelle à jamais les lèvres des jeunes mariés, il faut attendre mille ans pour que le deuxième soit donné ! récite la princesse, qui connaît le protocole mieux que personne.

Il est vrai que savoir ce genre de choses fait partie des obligations qu'impose son rang.

— Le désir doit être mesuré et l'abstinence éprouvée. Le deuxième baiser en aura plus de force, plus de saveur et plus de sens. Car seul ce qui est rare a de la valeur, ajoute-t-elle, histoire d'achever Arthur, déjà anéanti par la nouvelle.

— Euh... oui... bien sûr, balbutie-t-il, comme quelqu'un qui vient d'accepter de patienter mille ans.

La porte de la prison s'ouvre soudain, si violemment que tout le monde sursaute. Darkos affectionne particulièrement ce genre d'entrée théâtrale. Il adore jouer les méchants qui entrent sur scène, toujours au pire moment, et font rebondir l'intrigue.

— Alors, pas trop chaud ? dit-il en décrochant un petit glaçon, qui pend au plafond, et en se le mettant dans la bouche. Arthur le lui mettrait bien autre part.

— La température est parfaite, répond Sélénia qui, malgré le froid, bouillonne intérieurement.

— Mon père a préparé une petite fête à votre attention. Vous êtes ses invités d'honneur ! annonce pompeusement Darkos.

Comme d'habitude, quelques séides ricanent. Le piège n'a échappé à personne et les invités savent pertinemment le genre de spectacle qui les attend.

Arthur se penche légèrement vers Sélénia.

— Il faudrait provoquer une bagarre. À la faveur de la confusion, certains d'entre nous pourraient réussir à s'enfuir, chuchote-t-il à l'oreille de Sélénia.

— Des commentaires, jeune homme ? intervient aussitôt Darkos, qui suit à la lettre les instructions de son père qui lui a recommandé d'être vigilant.

— Ce n'est rien ! Arthur me faisait juste une réflexion pertinente, lui répond Sélénia.

C'est comme si elle avait jeté un asticot devant

un poisson en lui demandant de ne pas le manger. Darkos mord à l'hameçon, sans attendre.

— Peut-on connaître le sujet de cette réflexion pertinente ? demande-t-il, feignant d'être intéressé.

— Vous en êtes le sujet, évidemment, répond la princesse avec ironie.

Darkos se redresse. Sans même qu'il s'en rende compte, ses poumons se sont doucement gonflés d'orgueil.

— Maintenant que je connais le sujet, puis-je avoir le verbe ? dit-il, dans un élan poétique.

— « Intriguer ». Voilà le verbe qui colle à votre sujet. Arthur se demandait comment votre père, déjà si laid, avait pu mettre au monde un fils encore plus répugnant que lui-même. Arthur a donc formulé sa phrase de la façon suivante : « La laideur de ce Darkos m'intrigue ! » Sujet, verbe, complément, lui indique la princesse, comme si elle était une éminente grammairienne.

Darkos se fige, gelé sur place. Son glaçon lui en tombe de la bouche.

Son troupeau de séides, qui ne fait pas dans la dentelle, se met à ricaner, comme à son habitude.

Darkos fait volte-face et dévisage ses hommes. Son regard est plus tranchant qu'une lame de rasoir et les moqueries s'estompent rapidement.

Darkos contient comme il peut la fureur qui est en lui et qui ne demande qu'à exploser, comme un Perrier qui attend qu'on le décapsule.

Le fils maudit souffle doucement et laisse ainsi la pression s'échapper.

Il se retourne vers Sélénia et lui sourit, très fier de ne pas avoir réagi à cet affront.

— La douleur qui t'attend sera à la hauteur du plaisir qui m'attend, lui promet Darkos. Maintenant, si Son Altesse veut bien se donner la peine de me suivre, ajoute-t-il, au milieu de sa révérence.

Pas de bagarre en perspective...

— Bien essayé, chuchote Arthur à l'adresse de Sélénia, un peu déçue d'avoir échoué une nouvelle fois.

La petite troupe se regroupe et sort de la prison.

— Cette cérémonie impromptue ne me dit rien de bon ! commente Archibald, que le nombre de gardes inquiète et impressionne.

— On est déjà sortis de prison, c'est déjà pas mal ?! répond Arthur, toujours aussi positif.

— Il faut rester vigilant et à l'affût de la moindre faute, la moindre faille, c'est notre seule chance ! ajoute le jeune prince.

— C'est pas tellement le genre de la maison de faire les choses à moitié et de laisser place à l'erreur ! se permet de rappeler Bétamèche, aussi inquiet qu'Archibald.

— Tout le monde fait des erreurs et même Achille avait des talons ! répond Arthur, sûr de lui.

Arthur, Alfred, Archibald et maintenant Achille. Bétamèche se demande bien qui est ce nouveau membre de la famille qu'il n'a pas l'honneur de connaître.

— C'est un cousin ? demande Bétamèche, un peu perdu dans les branches de l'arbre généalogique.

Archibald se sent obligé de rectifier la vérité historique.

— Achille était un valeureux héros de l'Antiquité, explique gentiment Archibald, il était connu pour sa force et son courage. Il était invulnérable, ou presque. Une seule partie de son corps était plus faible que les autres et pouvait causer sa perte : son talon. Chaque homme a sa faiblesse, même Achille, même Maltazard, chuchote le grand-père à l'oreille de Bétamèche qui ne peut s'empêcher de frissonner en entendant ce nom, même à voix basse.

10

Il ne faut pas moins de dix séides pour pousser chacune des deux portes qui ouvrent sur la grande salle royale.

La petite troupe de visiteurs reste groupée et regarde avec intérêt ces deux immenses plaques de métal qui grincent méchamment et libèrent la voie.

La salle est gigantesque, impressionnante. À l'image d'une cathédrale.

Deux énormes citerne sont accrochées au plafond, comme deux gros nuages coincés entre des montagnes. Il s'agit en fait de deux réservoirs d'eau souterrains qui alimentent probablement la maison qui paraît, à cette échelle, démesurée.

Les réservoirs sont percés de dizaines de trous dans lesquels ont été emboîtées les pailles volées à Arthur. Les tuyaux bariolés ont été reliés les uns aux autres et se rejoignent au centre, comme une énorme canalisation.

Le dessein de Maltazard semble maintenant plus évident : il va se servir des pailles pour guider l'eau dans la canalisation qui mène directement au village des Minimoys et ainsi les inonder.

L'inondation tournera vite à l'extermination car, comme tout le monde s'en souvient, les Minimoys ne savent pas nager.

— Quand je pense que c'est moi qui leur ai appris à transporter l'eau et qu'ils vont maintenant s'en servir contre nous, constate Archibald en passant devant l'ouvrage.

— Quand je pense que je leur ai fourni les pailles ! ajoute Arthur, qui se sent tout aussi responsable.

Le petit groupe traverse cette esplanade monumentale qui semble sans fin.

De chaque côté s'étale une puissante armée de séides, figés dans leur garde-à-vous.

Au bout de l'esplanade, il y a une pyramide, presque transparente, teintée de rouge.

À la voir de plus près, on s'aperçoit que c'est, en fait, une multitude de morceaux de pierre translucide, emboîtés les uns dans les autres.

Au pied de ce monument de verre est placé un trône lugubre, beaucoup trop prétentieux pour appartenir à un bon roi.

Maltazard a posé ses mains sur les accoudoirs, sculptés en leurs extrémités d'immenses têtes de mort. Il se tient droit au fond de son trône, non pas pour accentuer son arrogance, mais simplement parce que c'est la seule position que son pauvre corps malade lui autorise.

— Tu cherchais ton trésor ! le voici ! glisse Archibald à l'oreille de son petit-fils.

Arthur ne comprend pas bien. Il regarde autour de lui, puis s'attarde sur cette pyramide étrange. Il constate alors qu'il s'agit d'un amas de pierres précieuses, une centaine de rubis, plus parfaits les uns que les autres, empilés scientifiquement afin de former une parfaite pyramide.

Arthur a la bouche grande ouverte. Il est en admiration devant ce monument d'une valeur inestimable, devant ce trésor que jamais il ne pensait être capable de découvrir.

— Je l'ai trouvé ! laisse-t-il échapper dans un élan de fierté.

— Le trouver, c'est bien. Le transporter, ça va être une autre histoire ! constate Bétamèche qui semble avoir retrouvé son bon sens.

Effectivement, le trésor est posé sur une coupole, et chaque pierre doit peser plusieurs tonnes.

Arthur réfléchit. Si seulement il avait sa taille normale. Porter cette soucoupe pleine de rubis, serait un jeu d'enfant. L'idéal serait de se souvenir de l'emplacement du trésor afin de le récupérer une fois revenu à sa taille normale.

Malheureusement tout est démesuré dans le

monde des Minimoys et les signes deviennent méconnaissables. Rien de ce qu'il voit ne lui rappelle quelque chose.

Darkos le sort de ses réflexions en le poussant violemment dans le dos.

— Avance ! ne fais pas attendre le maître ! aboie Darkos, en bon chien de garde.

— Tout doux ! mon bon et fidèle Darkos, intervient Maltazard, comme un maître compréhensif.

— Excusez-le. Il est un peu nerveux en ce moment. Il avait pour mission d'exterminer votre peuple et il a malheureusement, et régulièrement, échoué. Voilà ce qui le rend un peu... exécrable. Mais tout va maintenant rentrer dans l'ordre. Papa est là.

Maltazard est conscient de son écrasante supériorité et il se délecte de cette situation, comme on prend son temps pour manger la chantilly sur un gâteau.

— Et maintenant... que la fête commence ! s'exclame-t-il, excité comme une puce qui aurait gagné au loto.

Il claque des doigts et la musique démarre. Tonitruante. Royale. Inaudible. Archibald se met les doigts dans les oreilles.

— Si jamais ils me remettent en prison, je promets de leur apprendre le solfège ! dit le vieil homme, obligé de hurler pour se faire entendre.

Maltazard fait un geste du bras. Un signal de départ, probablement.

Sur le côté de la pyramide de rubis, il y a un pupitre et un tableau de commandes avec une dizaine de grosses manettes en bois. Debout devant le pupitre, prêt à actionner les manettes, une petite taupe bien triste.

— Mino ?! s'exclame Bétamèche qui a reconnu son jeune ami. C'est Mino, le fils de Miro que l'on croyait à jamais perdu ! Il est vivant !

Cette nouvelle réjouit aussitôt le petit groupe, surtout Sélénia et son frère qui, petits, ont passé des journées entières à jouer avec lui. Des parties interminables de cache-cache où Mino, évidemment, gagnait toujours, vu sa facilité à creuser des tunnels. Ils avaient passé aussi des nuits, allongés sur des pétales de sélénielle, à regrouper les étoiles pour leur donner des formes. Ces trois-là étaient inséparables jusqu'au jour où Mino tomba dans un piège que lui avait tendu Darkos.

Bétamèche lui envoie discrètement un signe, mais la petite taupe, comme tous les membres de sa famille, n'a pas une vue excellente.

Mino aperçoit une vague forme qui semble lui faire des signes, apparemment amicaux. Si sa vue n'est pas très bonne, ce n'est pas le cas de son odorat et le délicieux parfum de Sélénia lui parvient maintenant jusqu'aux narines.

Son visage s'illumine tout doucement et un sourire vient embellir son petit visage. Ses amis sont là, venus à son secours. Son cœur s'emballe aussitôt et un air de liberté lui envahit les poumons.

— Oh ?! Mino ?! tu te réveilles ?! ça fait une heure que je te fais signe !! lui hurle Maltazard, aussi patient qu'un requin affamé.

Mino s'affole.

— Euh, oui ! bien maître ! tout de suite maître ! répond-il en se courbant en deux.

Darkos se penche vers son père.

— Il ne voit pas très bien de loin, ils sont tous comme ça dans sa famille, explique-t-il à son père qui le fusille du regard.

On n'explique pas à Maltazard. Darkos l'avait un instant oublié. Il recule d'un pas, et baisse la tête, en guise d'excuses.

— Il n'y a pas une chose que Maltazard ne sache pas. Je *suis* la connaissance et, contrairement à toi, ma mémoire est sans limites et sans faille ! lui balance son père, dans un excès d'autorité.

— Excusez-moi, père, pour ce moment d'égarement, lui répond son fils, saisi par la honte.

— Envoyez ! hurle Maltazard à l'adresse de Mino.

La petite taupe sursaute, hésite sur le manche à prendre, puis tire finalement sur celui qu'elle avait préparé. Un mécanisme se met alors en marche, un système compliqué qui fonctionne à l'aide d'engrenages, de cordes et de poulies.

— Je suis tellement content de le savoir en vie ! souffle Bétamèche, la mine réjouie.

— Quand tu travailles pour Maltazard tu n'es pas en vie, tu es juste en sursis ! lui répond Archibald, qui sait de quoi il parle.

Le mécanisme finit par ouvrir une petite trappe, tout en haut de la galerie.

Une ouverture qui donne directement vers l'extérieur. Un rayon de soleil pénètre aussitôt, formant un puits de lumière. Il illumine instantanément le sommet de la pyramide, formé par un rubis plus gros que les autres. Les faces judicieusement orientées renvoient la lumière, devenue rouge, à d'autres rubis qui vont transmettre à leur tour leur faisceau.

C'est comme si la pyramide s'éclairait peu à peu, en partant du sommet vers la base, d'une délicieuse lumière. Un bordeaux lumineux, comme un sang translucide qui traverserait des veines de cristal.

Le spectacle est magnifique et nos amis, malgré leur situation précaire, semblent l'apprécier.

Le rayon termine sa course en éclairant le dernier rubis, celui dans lequel Maltazard a eu la mauvaise idée de tailler son trône.

Son corps tout entier s'illumine comme une apparition divine.

Une clameur monte au-dessus des armées. Quelques-uns des soldats en tombent même à genoux. C'est le genre de tour de magie qui impressionne toujours les âmes les plus faibles et Maltazard, en bon dictateur, connaît bien toutes ces ficelles.

Il n'y a qu'Archibald, en vieux scientifique, qui ne soit guère impressionné.

Amusé, tout au plus.

— Alors Archibald ! êtes-vous fier de l'utilisation que l'on fait de vos connaissances ? demande Maltazard qui n'attend qu'une seule réponse.

— C'est très joli ! Ça ne sert pas à grand-chose, sauf à vous mettre un peu de rouge sur les joues, mais c'est très joli, lui répond le grand-père.

Le prince des ténèbres se raidit, mais décide de ne pas se vexer.

— Vous préférez sans doute mon nouveau système d'irrigation ? dit-il avec ironie.

— C'est effectivement très malin et bien réalisé, avoue Archibald, dommage que l'utilisation première en ait été modifiée !

— Comment ! Le but n'est-il pas de transporter de l'eau ? demande Maltazard, faussement naïf.

— Transporter de l'eau, effectivement, pour irriguer les plantes et rafraîchir les hommes, mais pas pour les inonder ! précise le scientifique.

— Pas seulement les inonder, mon cher Archibald, nous allons aussi les noyer, les pulvériser, les liquéfier, les zigouiller, les anéantir à tout jamais, spécifie Maltazard, au comble de l'excitation.

— Vous êtes un monstre, Maltazard ! lui dit calmement le vieil homme.

— Je sais, votre belle-fille me l'a déjà dit ! Et vous, qui êtes vous ? De quel droit déviez-vous la nature du chemin qu'elle s'est tracé ? Qui êtes-vous pour prétendre que la nature a besoin de vos inventions pour être meilleure ?

Archibald demeure sans voix. Maltazard a marqué un point.

— Vous voyez, c'est ça le problème avec vous, les scientifiques, vous inventez des choses sans même prendre le temps d'en étudier les conséquences ! se plaint Maltazard. La nature met des années avant de prendre une décision. Elle fait pousser une fleur et la teste pendant des millions d'années avant de savoir si elle a sa place dans la grande roue de la vie. Vous, vous inventez et aussitôt vous vous proclamez « génie » et gravez votre nom sur les pierres du panthéon de la science !

Maltazard laisse échapper un rire moqueur.

Darkos aussi, pour imiter son père, même s'il n'a rien compris à la phrase.

— C'est tellement prétentieux ! ajoute le dictateur, avec mépris.

— La prétention est dangereuse mais pas mortelle, mon cher Maltazard. Heureusement d'ailleurs, sinon vous seriez déjà mort mille fois par jour, lui lance Archibald.

Le souverain encaisse à nouveau. Mais ces insultes déguisées commencent à lui peser.

— Je prends ça comme un compliment, car la prétention est nécessaire à tout grand souverain ! rectifie Maltazard.

— Être souverain n'est qu'un titre, il faut savoir aussi se conduire comme tel, savoir être bon, juste et généreux, affirme Archibald.

— Quel portrait ! on dirait moi tout craché ! plaisante Maltazard.

Darkos ricane, pour une fois, il a compris la blague.

— Et d'ailleurs je vais vous prouver que je peux être bon et généreux... Vous êtes libre ! annonce-t-il, en accompagnant ses dires d'un grand geste théâtral.

Quelques séides soulèvent la grille qui obstruait la canalisation principale. Celle qui mène directement au village minimoy et vers laquelle sont braquées toutes les pailles.

Archibald a compris le piège avant les autres.

— Vous nous offrez la liberté et la mort qui va avec ? demande Archibald, conscient du danger.

— Offrir deux choses à la fois, n'est-ce pas une marque de générosité ? répond Maltazard, toujours aussi sadique.

— À peine serons-nous au milieu du chemin que tu verseras sur nous des tonnes d'eau ! s'exclame la princesse qui vient de comprendre.

— Tu devrais penser un peu moins, Sélénia,

et courir un peu plus ! rétorque le maître des lieux.

— À quoi bon courir si on a une chance sur un million de s'en sortir ? ajoute la princesse.

— Une chance sur un million ? Je te trouve un peu optimiste. Je dirais une chance sur cent millions ! précise-t-il avec humour. Mais c'est mieux que rien, non ? Allez !... bon voyage !

Maltazard lève à nouveau le bras, comme il peut, et fait signe à ses séides de les pousser dans le tuyau.

Pendant que Bétamèche se met à trembler comme une feuille, Arthur a enfin trouvé l'idée qu'il cherchait.

— Puis-je demander à Votre Grandeur sérénissime une dernière faveur avant de mourir ? Une toute petite faveur qui ne ferait que mettre en lumière la bonté extrême de votre majesté ! dit-il pompeusement en se courbant comme un esclave.

— Il me plaît bien, ce petit-là ! avoue Maltazard, toujours sensible à la flatterie. Quelle est donc cette faveur ?

— J'aimerais léguer ma seule richesse, ce bracelet, à mon ami Mino, ici présent.

La petite taupe est toute surprise de l'intérêt subit que tout le monde lui porte, surtout ce jeune garçon qu'il ne connaît pas du tout.

Maltazard regarde la petite montre qu'Arthur exhibe sous son nez.

Le maître a beau flairer, il ne sent pas de piège là-dessous.

— Accordé ! finit-il par lancer.

Les séides se mettent à applaudir devant la générosité, enfin mesurable, de leur maître.

Pendant que Maltazard se laisse griser par les applaudissements et les flatteries de son entourage, Arthur file jusqu'à Mino.

— C'est ton père qui m'envoie ! lui glisse-t-il à l'oreille.

Il enlève sa montre et la passe au poignet de la petite taupe.

— Quand je serai dehors, il faut que tu te débrouilles pour m'envoyer un signal, afin que je sache où se trouve le trésor ! Tu enverras le signal à midi précis ! C'est clair ? lui demande Arthur, pressé par le temps.

Mino est affolé.

— Mais comment veux-tu que je fasse ?!

— Avec tes miroirs, Mino ! avec tes miroirs ! insiste l'enfant qui joue là sa dernière carte. Tu as bien compris ?

Mino, déboussolé, acquiesce d'un signe de tête, plus pour faire plaisir à Arthur qu'autre chose.

— Suffit maintenant, ma clémence a des limites ! Emmenez-le ! s'exclame Maltazard.

Il est rassasié des compliments répétés que sa cour lui a adressés. Maintenant, il lui faut un peu d'action. Les séides attrapent Arthur et le jette au milieu de son groupe, à l'entrée de l'immense tuyau.

Mino regarde son nouveau compagnon s'éloigner, sans savoir quoi faire.

— À midi ! chuchote Arthur en articulant de façon excessive.

Les gardes poussent le groupe à l'intérieur du tuyau. La grille tombe aussitôt derrière eux, les séparant ainsi de la place et ne leur offrant qu'une seule issue.

Devant eux, ce long tuyau qui les mène à la liberté, mais une liberté qu'ils n'atteindront jamais. Ce tuyau sera aussi leur tombeau.

À l'idée de cette mort inévitable, le petit groupe est complètement déprimé. Personne n'a envie de courir. À quoi bon ? Pour retarder leur souffrance de quelques secondes ? Mieux vaut en finir tout de suite, et le petit groupe reste là, anéanti devant la grille.

Le spectacle n'est pas très réjouissant et Maltazard soupire.

— Je vous laisse une minute d'avance. Ça mettra un peu de piment ! dit-il, prêt à changer les règles du jeu pour mettre un peu d'ambiance.

Darkos est tout excité par cette nouvelle.

— Apportez la table des temps ! hurle Darkos.

Deux séides apportent un énorme tableau. Au centre, il y a un clou sur lequel un paquet de feuilles mortes a été planté. Sur la première feuille, on peut lire « soixante ».

Sélénia, accrochée aux barreaux, regarde Maltazard. Il y a tellement de venin dans ses yeux qu'elle espère qu'une petite goutte pourra l'atteindre.

— Tu finiras en enfer ! marmonne-t-elle entre ses dents serrées.

— Il y est déjà ! lui répond Arthur en l'attrapant par le bras. Dépêchons-nous, maintenant !

— À quoi bon courir ?! s'insurge la princesse en se dégageant. Pour mourir un peu plus tard ? Je préfère rester là et mourir dignement en regardant la mort en face !

Arthur lui attrape violement le bras.

— Une minute, c'est mieux que rien !! Ça nous laisse le temps d'avoir une idée ! hurle-t-il avec conviction.

C'est la première fois qu'il fait preuve d'autorité envers Sélénia et elle en reste tout impressionnée. Son petit prince un peu gauche serait-il en train de mûrir, de devenir un petit homme ?

Arthur lui attrape la main et l'oblige à courir. Sélénia se laisse entraîner, fascinée par la détermination et le courage de son jeune ami.

Maltazard se réjouit de les voir disparaître en courant.

— Enfin un peu de sport ! Commencez le décompte ! ordonne-t-il avec plaisir.

Le séide enlève la première feuille, marquée « soixante », qui dévoile la prochaine, marquée d'un magnifique « cinquante-neuf ».

L'horloge est rudimentaire, à faire pâlir un Suisse, mais Maltazard s'amuse beaucoup. Il balance même sa tête au rythme des feuilles égrenées.

— Préparez les vannes ! demande-t-il, entre deux dodelinements.

Darkos part se mettre en place en frétillant comme un poisson, tandis que le séide horloger dévoile une nouvelle feuille marquée d'un « cinquante-deux ».

11

Le groupe de fuyards court comme il peut, au milieu des détritus et de la couche de saletés qui, avec le temps, s'est déposée au fond du tuyau. Mais Archibald fatigue vite et il commence à ralentir. Le vieil homme a passé quatre ans dans les prisons du maître, sans faire le moindre exercice, et les muscles de ses pauvres jambes sont complètement asphyxiés.

— Désolé, Arthur, mais je n'y arriverai pas ! constate le vieil homme, qui s'arrête définitivement.

Il s'assied sur un objet rond, accroché sur un autre objet beaucoup plus gros. Arthur fait demi-tour et vient se mettre face à lui.

— Allez-y ! moi, je vais rester là, à attendre la fin avec un peu de dignité, soupire le grand-père.

— C'est pas possible ! je ne peux pas le laisser

là ! Allez papi, encore un effort ! lui dit Arthur, avec conviction.

Il lui attrape gentiment le bras mais le vieil homme se dégage.

— À quoi bon Arthur ?! Il faut se rendre à l'évidence, mon fils, nous sommes perdus !

À ces mots, le reste du groupe craque aussitôt. Si un scientifique pense que les chances de survie sont maintenant de zéro, à quoi bon lutter ? Les mathématiques sont implacables et le temps ne s'arrête jamais.

Un par un, les membres du groupe se laissent tomber sur le sol, anéantis par la tristesse.

Arthur soupire, ne sachant plus quoi faire.

Maltazard, lui, a le moral au beau fixe et collectionne les feuilles mortes. Celle marquée d'un « vingt » lui plaît beaucoup. Il en chantonne presque.

— Tout ceci m'a donné faim ! N'y a-t-il rien à grignoter ? J'aime grignoter pendant le spectacle ! dit-il, s'amusant comme un roi.

Aussitôt un séide amène une large assiette pleine de petits cafards grillés, le plat préféré de Son Altesse. C'est d'ailleurs pour cette raison qu'il y a toujours une assiette de ces délicieux amuse-gueules dans toutes les pièces du palais.

Il aurait été plus simple de le suivre toute la journée, avec un porteur de friandises, mais Maltazard s'y est toujours refusé. Il prend autant de plaisir à les grignoter qu'à voir s'affoler son entourage quand il réclame sa gâterie. C'est là une partie de son plaisir, savoir que de pauvres bougres vont suer pour apporter le plat le plus vite possible, quitte à en mourir. Plus que ces petits insectes grillés, la souffrance des autres est bien son met favori.

Il ignore que, dans son dos, Darkos a fait cacher des assiettes un peu partout, pour éviter à son père une trop longue attente et afin de soulager un peu les cuisines.

— Cuits à point ! se félicite Maltazard en grignotant son cafard, croustillant à souhait.

Darkos le prend comme un compliment. L'horloger dévoile une nouvelle feuille. Un « dix » magnifique.

— Ralentissez un peu ! demande alors Maltazard, que j'aie le temps de bien mâcher !

Arthur ne peut se résoudre à la défaite. Il veut mourir en héros, en se battant jusqu'au bout, jusqu'à la dernière seconde. Il n'a que faire de la dignité.

Alors il tourne en rond, à la recherche de la moindre idée.

— Il doit y avoir une solution ! Il y a toujours une solution ! se répète-t-il sans cesse.

— Ce n'est plus une idée qu'il nous faudrait maintenant, Arthur... c'est un miracle, lui répond Archibald, que tout espoir a abandonné.

Arthur pousse un grand soupir. Il est à deux

doigts de renoncer. Il lève les yeux au ciel, comme pour l'appeler au secours, comme pour lui réclamer un miracle, si petit soit-il.

Pendant qu'il fait sa prière, quelque chose l'étonne. Comment se fait-il qu'il puisse voir le ciel de là où il est ? Il constate alors qu'il est juste en dessous d'un conduit qui monte jusqu'à la surface. Malheureusement, l'ouverture est trop haute et les parois trop suintantes pour qu'on puisse les escalader.

Si seulement une gentille araignée pouvait lui prêter son fil.

Pourtant, les petits brins d'herbe qu'il aperçoit en haut, tout autour de l'ouverture, lui rappellent quelque chose. Cela doit correspondre au trou d'évacuation d'eau, dans le jardin de sa grand-mère.

Arthur fouille dans sa mémoire, mais n'y trouve rien. Mauvaise piste, peut-être.

Il baisse la tête et regarde l'objet sur lequel s'est assis son grand-père.

L'objet est dans la lumière. Il est donc probablement tombé de tout en haut. Du jardin. Ça carbure dans le cerveau d'Arthur. Jardin. Tuyau. Objet. Tombé. Ça fait tilt. Il arrache son grand-père de son fauteuil.

Archibald était assis sur le pneu d'une voiture, couchée sur le flanc. Et il ne s'agit pas de n'importe quelle voiture. C'est la magnifique Corvette rouge qu'Arthur a eue pour son anniversaire et qu'il a malencontreusement laissé tomber dans un tuyau.

— Grand-père ! c'est toi, le miracle !! hurle-t-il de joie.

— Explique-toi, Arthur ! Nous ne comprenons rien ! râle Sélénia.

— C'est une voiture ! c'est *ma* voiture ! c'est mamie qui me l'a offerte ! on est sauvés ! explique-t-il avec enthousiasme.

Archibald fronce les sourcils.

— Ta grand-mère a perdu le sens des réalités. N'es-tu pas encore un peu jeune pour conduire ce genre de véhicule ?

— Quand elle me l'a offerte, elle était beaucoup plus petite, rassure-toi ! lui répond Arthur, un sourire jusqu'aux oreilles.

— Aidez-moi ! hurle-t-il à ses partenaires.

Sélénia et Bétamèche le rejoignent de l'autre côté de la voiture, qui se dresse comme un mur, et ils poussent ensemble, de toutes leurs forces. Au prix d'un effort surhumain, la voiture bascule et retombe sur ses quatre roues. Un cri de joie résonne dans le tunnel.

Maltazard s'étonne. Comment peuvent-ils se réjouir, alors qu'il ne reste que trois secondes au cadran ? Cette énigme, qu'il ne peut pas résoudre l'inquiète et il décide de ne prendre aucun risque. Il est trop près de la victoire.

— Ouvrez les vannes ! ordonne-t-il soudainement.

— Mais... le compteur n'est pas à zéro ! il reste trois feuilles ! précise Darkos, toujours aussi lent à la détente.

— Je sais encore compter jusqu'à trois !!! hurle Maltazard.

Darkos part en courant vers les vannes exécuter sa mission, avant que son père ne décide de l'exécuter lui-même.

L'horloger séide est plus vif que Darkos et il arrache aussitôt les dernières feuilles.

— « Zéro » ! crie-t-il en affichant un large sourire.

Arthur remonte la petite clé, devenue énorme, sur le flanc de la voiture.

Le ressort est tellement dur que des gouttes de sueur perlent sur son front. Sélénia se met à côté de lui et l'aide à tourner la clé.

— Tu es sûr que tu sais piloter ce genre d'engin ? demande Bétamèche, jamais rassuré dans les transports en commun.

— C'est ma spécialité ! répond Arthur, pour éviter toute discussion.

Bétamèche n'est preneur qu'à moitié.

Darkos arrive au-dessous des séides accrochés le long de la citerne.

— Allez-y ! ordonne-t-il.

Les séides utilisent leurs maillets pour faire sauter les cales qui bouchent provisoirement les trous.

Une fois les cales enlevées, Darkos prend une masse et frappe de toutes ses forces sur un robinet qui lâche au premier coup.

Aussitôt l'eau vient gonfler les pailles, comme de grosses veines, et dévale vers le canal central, creusé à cet effet.

Maltazard jubile. Son horrible dessein est maintenant en marche. Rien ne pourra plus arrêter cette eau tumultueuse qui court dans le canal et s'engouffre avec la force d'un torrent dans le tuyau emprunté par nos fuyards.

Arthur essaie encore de faire tourner la clé. Sélénia souffle sur ses mains, trop irritées pour continuer à l'aider. C'est fragile, des mains de princesse.

Le grondement de l'eau qui court se fait clairement entendre.

Sélénia s'affole tout à coup.

— Ça y est, ils ont ouvert les vannes ! Arthur ?! dépêche-toi !

— Monte à l'avant, je te rejoins ! lui ordonne Arthur, qui appuie comme un malade sur la clé.

Bétamèche monte en premier et rejoint Archibald à l'arrière de la voiture.

Le grand-père se retourne et aperçoit, à travers la lunette arrière, la masse d'eau qui déboule au loin.

— Dépêche-toi, Arthur ! supplie le grand-père, affolé à la vue de cette vague énorme qui emporte tout sur son passage.

— Si on veut avoir une chance d'arriver au bout, il faut absolument que je remonte le ressort à fond ! lui répond Arthur, le visage grimaçant de douleur.

Il rassemble ses dernières forces et pousse un cri herculéen pour se donner du courage. Il parvient à remonter encore d'un cran le ressort, sous le regard émerveillé de Sélénia, pleine d'admiration.

Arthur cale la clé dans le creux de son épaule, pour ne pas qu'elle lâche, et tente d'attraper le bout de bois qui est à terre. Il doit bloquer la clé pour avoir le temps de monter à bord, mais la vague n'attend rien ni personne et se rapproche dangereusement de la voiture. Bétamèche a la bouche ouverte. Il aimerait crier au secours, mais aucun son ne sort, tant sa mâchoire est crispée par la peur. Arthur parvient à planter son bâton et bloque provisoirement la clé.

Il saute alors dans la voiture et se met au volant.

L'intérieur est assez rudimentaire, mais Arthur trouve rapidement ses marques. La Corvette ne doit pas être plus compliquée que la vieille Chevrolet de sa mamie. Espérons seulement qu'il ne finisse pas une fois encore dans un arbre.

— Tu sais que c'est la première fois que

j'emmène une fille en voiture ? avoue Arthur, troublé par la situation.

— J'espère que ce ne sera pas la dernière ! lui réplique Sélénia, plus préoccupée par le grondement assourdissant qui ne cesse de croître que par les élans romantiques de son compagnon.

Arthur, en grand professionnel, ajuste son rétroviseur intérieur et aperçoit ce mur liquide qui ne demande qu'à engloutir la voiture.

— C'est parti ! chantonne-t-il, en enlevant le bâton qui bloquait la clé.

Les roues arrière patinent immédiatement sur place, sous l'effet de la puissance enfin libérée. Heureusement le souffle provoqué par le déplacement de la vague pousse littéralement la voiture en avant. À moins que ce ne soit le cri effroyable qu'ont jeté les passagers qui ait décidé la voiture à s'enfuir.

Les pneus trouvent enfin un peu d'adhérence et la Corvette redouble de vitesse.

La voiture échappe aux griffes du torrent et fonce comme une fusée à travers le tuyau.

Arthur se cramponne des deux mains au volant. Sélénia est collée au fond de son fauteuil. La pression de l'air dessine sur son visage un sourire bien involontaire. Bétamèche marmonne que plus jamais il ne prendra un transport, quel qu'il soit, tandis qu'Archibald, grisé par la vitesse, regarde défiler le paysage.

— C'est fou, en seulement quatre ans, les progrès qu'a pu faire l'automobile ! constate-t-il, émerveillé par la puissance de la Corvette.

La vitesse augmente et devient si élevée que la ligne droite du tuyau donne l'impression maintenant d'être une série de courbes qui se succèdent.

Arthur se concentre davantage. Il ne s'agit plus de tenir le volant, mais de piloter véritablement.

Bétamèche, malgré la pression de la vitesse, parvient à la force des bras à attraper les dossiers des sièges avant, il glisse son visage entre les deux sièges.

— Au prochain carrefour, il faudra prendre à droite ! indique Bétamèche.

À peine a-t-il fini sa phrase que la bifurcation jaillit devant Arthur.

Il donne un grand coup de volant à droite, qui projette les passagers contre les portières.

La voiture s'engage de justesse dans ce nouveau conduit. Arthur respire.

— Bétamèche ?! essaye de me prévenir un peu plus tôt la prochaine fois ! se plaint le chauffeur, qui a bien cru manquer son virage.

— À gauche ! hurle Bétamèche, qui suit à la lettre les consignes d'Arthur.

Mais la nouvelle bifurcation surgit déjà. Le pilote hurle de surprise et, d'un mouvement réflexe, donne un coup de volant à gauche.

Il s'en est fallu de peu que la voiture ne s'écrase sur le mur en biseau qui sépare les deux chemins.

Arthur pousse un grand soupir de soulagement.

— Merci, Béta ! lâche-t-il, le front couvert de sueur.

Sélénia s'en aperçoit et lui essuie le visage d'un revers de la main.

Ce geste d'une extrême tendresse contraste avec la dureté de la situation. Les deux tourtereaux échangent un sourire, à défaut de pouvoir se tenir la main.

— À droite ! hurle Bétamèche qui fait sursauter les amoureux.

Arthur, encore troublé par le sourire de Sélénia, ne sait plus distinguer sa droite de sa gauche et donne des coups de volant dans tous les sens.

L'intersection arrive à toute allure. Ça crie dans la voiture et c'est un miracle si Arthur parvient à engager sa voiture dans le tunnel de droite.

Leurs cris se propagent à travers tout le réseau de canalisations.

12

Le père d'Arthur, pour la millième fois, remet son pied sur la pelle et appuie fortement. Il attaque sans entrain son soixante-septième trou.

Sa femme se tient à distance, afin de ne provoquer aucune catastrophe supplémentaire qui rendrait la situation encore plus pénible.

Elle est pourtant intriguée par ce petit cri d'enfant, venu de nulle part, qui résonne dans l'air. Mais le cri se dissipe rapidement. La mère reste un instant à l'écoute et finit par penser que son imagination lui joue encore des tours. Elle reprend donc son travail, qui consiste à éplucher des oranges pour son mari.

Mais une autre rumeur s'élève dans les airs. Un grondement sourd et bouillonnant. La mère tend une nouvelle fois l'oreille. Cette fois-ci, c'est plus évident.

— Chéri, tu entends ce bruit bizarre ?

Le mari, à moitié endormi sur sa pelle, se redresse.

— Hein, où ça ? dit-il, aussi réveillé qu'un ours qui sort de l'hiver.

— Là, dans le sol. On dirait de l'eau qui se répand sous terre.

La femme se met à genoux et se penche en avant pour mieux localiser cette rumeur qui gargouille dans le ventre de la terre.

Le père ricane, aussi bêtement qu'il bêche.

— Tu entends des voix maintenant, comme Jeanne d'Arc ? plaisante-t-il, le coude sur le manche de sa pelle. Attends encore un peu et tu verras peut-être arriver des petits anges et des fantômes partout !

Il ne croit pas si bien dire. Des silhouettes étranges se profilent derrière le père hilare. La mère les aperçoit. Son sourire se fige, comme si elle avait aperçu les anges de l'apocalypse.

— Des fantômes et des petits monstres, comme dans les vieux livres de ton père ! ajoute-t-il, en gloussant. Des tout petits poilus et très laids, avec leurs frères, des grands sorciers tout noirs !

Il se met à ricaner stupidement, puis mime une vague danse africaine. Sa femme le regarde, le visage défiguré par la peur. Elle tend légèrement le doigt vers son mari et tombe dans les pommes. En fait, plutôt dans les oranges.

Le mari est tout aussi surpris et se demande quelle bourde elle a encore pu faire pour en arriver là.

Il regarde autour de lui, sans comprendre, et décide enfin de se retourner.

Il se retrouve nez à nez, ou plutôt nez à nombril, avec cinq Bogo-Matassalaïs. Ils sont toujours vêtus d'un simple pagne et ont une lance aiguisée à la main.

Le père se liquéfie instantanément. Il se met à claquer des dents, comme une machine à écrire qui rédigerait son testament.

Le chef des Matassalaïs se penche doucement vers lui, ce qui prend un certain temps vu qu'il y a près d'un mètre de différence entre les deux hommes.

— Vous avez l'heure ? demande poliment le géant africain.

Le père fait oui de la tête, comme une marionnette au bout d'un fil.

Il regarde son poignet. Il a tellement peur qu'il ne parvient même pas à voir les aiguilles. Ce qui paraît normal, vu qu'il n'a pas de montre.

— Il est... il est...

Il a beau taper sur son poignet, il ne risque pas de lui donner l'heure.

— J'en ai une autre dans la cuisine, qui marche beaucoup mieux ! balbutie-t-il en regardant la pointe de la lance.

Le Matassalaï ne dit rien et se contente de sourire.

Le père en conclut qu'il a l'autorisation d'y aller.

— Je... je reviens, bégaye-t-il, avant de détaler comme un lapin en direction de la maison qui lui sert de terrier.

Darkos parcourt fièrement une petite fiche qu'il tient dans sa main.

— D'après mes calculs, l'eau devrait atteindre le village dans moins de trente secondes ! annonce-t-il à son père qui se réjouit de la nouvelle.

— Parfait, parfait !... Dans moins d'une minute, je serai donc le maître absolu et incontesté des Sept Terres et le peuple minimoy ne sera plus qu'un souvenir à peine évoqué dans les livres d'histoire !

Maltazard se frotte les mains, plus Machiavel que l'original.

L'empereur Sifrat de Matradoy, quant à lui, fait les cent pas à la porte de son village. Il sait que l'heure est grave et que les chances de conserver son royaume sont infimes. Mais la perte d'un royaume n'est pas grand-chose, comparée à la perte de ses enfants. Sélénia et Bétamèche ne sont toujours pas de retour et c'est bien là le sujet de sa grande inquiétude.

— Quelle heure est-il, mon brave Miro ? demande-t-il à la fidèle taupe qui lui sert de confident.

L'animal n'a pas l'air plus réjoui que lui et c'est en soupirant qu'il tire sa montre de son gousset.

— Midi moins cinq, mon roi, lui répond-il, en regardant sa montre.

Et pas question ici d'allonger le temps, comme se le permet Maltazard avec son chronomètre à feuilles. Au pays des Minimoys, les secondes sont régulières et nous entraînent inéluctablement vers une fin qui s'annonce bien tragique.

Le bon roi soupire et bat des bras.

— Il ne reste plus que cinq minutes et nous sommes toujours sans nouvelles ! constate le souverain, un peu perdu.

Miro se rapproche et lui pose affectueusement la main dans le dos.

— Faites-leur confiance, mon bon roi, votre fille est d'un courage exceptionnel. Quant à ce jeune Arthur, il me paraît plein de ressource et de bon sens ! Je suis persuadé qu'à eux deux, ils y arriveront !

Le roi sourit légèrement, soulagé par ces bonnes paroles.

Il tapote l'épaule de son ami pour le remercier et lui témoigner à son tour son amitié.

— Que les dieux t'entendent, mon bon Miro ! Que les dieux t'entendent !

Malgré la fatigue, Arthur se cramponne toujours à son volant. Il a pris l'habitude de la vitesse et son regard est rivé sur la route qui défile.

La Corvette a réussi à semer la vague qui les suivait et qui ne pensait qu'à les doubler.

— Merci, Mamie ! pense Arthur, qui ne s'en serait jamais sorti sans ce magnifique cadeau. Jamais sa grand-mère n'aurait pu imaginer qu'un jouet serait un jour à ce point utile, et encore moins qu'il sauverait la vie des êtres qui lui sont chers.

Bétamèche tourne la tête d'un seul coup. Il semble avoir reconnu l'endroit, malgré la vitesse.

— Je crois qu'on est presque arrivés !

C'était la borne qui marque l'entrée du champ de pissenlits.

Sélénia scrute au loin dans le tunnel et aperçoit effectivement quelque chose.

— Là ! la porte ! c'est la porte du village !!! hurle-t-elle de joie.

Cette nouvelle est accueillie avec émotion dans la voiture et tout le monde se congratule, s'embrasse et se trémousse dans tous les sens. Mais ce bonheur est de courte durée car le bolide se met à ralentir.

— Oh non ! chuchote Arthur, pour ne pas affoler tout le monde.

La Corvette ralentit davantage et, faute de ressort, s'arrête définitivement. À bord, c'est la consternation.

— Tu vas pas me faire le coup de la panne ? demande Sélénia, que la blague ne ferait pas rire.

Arthur, un peu perdu, n'a pas le temps de répondre car Bétamèche lui coupe la parole.

— Vite ! il faut remonter le ressort avant que l'eau ne nous rattrape !

— Impossible ! cela prendrait trop de temps ! et mes bras sont en compote ! répond Arthur.

— Et tes jambes ? demande Sélénia.

En quelques secondes, le groupe a quitté la voiture et s'est mis à courir dans le tunnel, en direction de la porte.

Il ne reste plus qu'une centaine de mètres et même en courant cela paraît le bout du monde. La Corvette aurait avalé la distance en quelques secondes, tout comme la vague dont le bourdonnement se fait de nouveau entendre.

— Dépêchez-vous ! l'eau nous rattrape ! hurle Arthur à l'adresse de son grand-père et de Bétamèche qui, rompus de fatigue, traînent un peu la patte.

À l'intérieur de la cité, le murmure de l'eau commence aussi à se faire entendre.

Le roi tend l'oreille.

— Quel est ce bourdonnement ? demande le roi à son fidèle Miro.

— Aucune idée, répond honnêtement la taupe, mais je sens, sous mes pieds, des ondes négatives, cette vibration ne me dit rien qui vaille !

Le petit groupe n'a plus qu'une vingtaine de mètres à parcourir.

Arthur a fait demi-tour et s'est glissé sous le bras de son grand-père.

— Un dernier effort ! lui demande le jeune garçon, en l'aidant à avancer.

Le petit Arthur développe une énergie phénoménale et insoupçonnée. Lui, qui, à l'école ou à la maison, avait tendance à éviter les tâches ménagères en donnant pour prétexte des devoirs qu'il ne faisait pas, est devenu maintenant un petit garçon méconnaissable, qui se donne sans compter, valeureux comme un guerrier, tenace comme un curé.

Sélénia arrive la première à la grande porte qui protège le village et se met à frapper de toutes ses forces.

— Ouvrez la porte ! crie-t-elle, d'une voix épuisée.

Le roi reconnaîtrait cette petite voix fluette entre mille.

C'est sa fille bien-aimée, sa princesse, son héroïne qui revient de mission.

Le garde ouvre la petite meurtrière qui donne sur le tunnel.

Même si la vague n'est pas encore visible, son souffle est déjà là, et le gardien se prend une rafale de vent en pleine figure.

— Qui va là ?! demande-t-il en prenant une grosse voix pour prouver qu'il n'a pas peur.

Sélénia met sa main dans l'ouverture, puis monte sur la pointe des pieds pour montrer un bout de sa frimousse. Bétamèche arrive en courant et pousse sa sœur pour montrer la sienne.

Le gardien les regarde une seconde, un regard vide de toute expression, et leur claque la porte au nez.

Sélénia se vexe aussitôt et tape de plus belle. Arthur et Archibald les rejoignent et tout ce petit monde se met à tambouriner sur la porte.

Le roi arrive à l'entrée du village, et s'étonne que le gardien ne réagisse pas à ce tintamarre.

— Que faites-vous ? Pourquoi n'ouvrez-vous pas cette porte ?

— C'est encore un leurre ! explique le gardien, sûr de lui. Mais on me la fait pas deux fois à moi ! Cette fois-ci, ils ont fait un dessin, comme animé, à l'effigie de Sélénia et de Bétamèche. Celui de la princesse est particulièrement bien fait, mais celui de Bétamèche a quelques défauts et on voit du premier coup d'œil que c'est un faux !

Le petit groupe continue à taper de toutes ses forces, tandis que le souffle du torrent se fait de plus en plus pressant. Archibald se retourne pour estimer le temps qu'il leur reste. Il constate avec stupéfaction que la vague est déjà visible. La masse d'eau en furie est en train de débouler vers eux à la vitesse d'une fusée.

— Ouvrez cette porte, bon sang de bon Dieu ! hurle soudain Archibald auquel l'instinct de survie a permis de retrouver ses forces.

Le roi entend ce cri pressant : si sa mémoire est bonne, il s'agit de la voix d'Archibald. Le souverain s'approche de la lourde porte. Il veut en avoir le cœur net.

Il entrouvre la petite porte et découvre brutalement le visage de Sélénia et celui de Bétamèche.

— Au secours ! hurlent-ils en chœur, les traits déformés par la peur.

Le roi, fou de colère, se retourne aussitôt vers le gardien.

— Ouvrez cette porte immédiatement triple gamoul !!! s'écrie-t-il, comme jamais.

Le gardien se rue sur la porte et, avec l'aide de ses camarades, déverrouille les énormes loquets.

— Dépêchez-vous ! trépigne Bétamèche qui regarde la vague monstrueuse engloutir la Corvette, en à peine une seconde.

Le souffle est maintenant si puissant qu'il plaque nos héros contre la porte.

Le dernier verrou est retiré et les gardes entrouvrent légèrement la porte, mais le souffle surprend tout le monde et elle s'ouvre d'un seul coup.

Nos amis se ruent à l'intérieur et aussitôt se placent derrière la porte.

— Vite ! la vague arrive ! Il faut refermer ! hurle Arthur, sans prendre le temps de saluer personne.

Le gardien s'agace un peu.

— On ouvre, on ferme, savent pas ce qu'ils veulent ces gens-là ! bougonne-t-il.

Mais il aperçoit la vague, bavant d'écume, qui s'apprête à tout envahir.

Son attitude change aussitôt et il se rue sur la porte.

— Au secours ! crie-t-il à ses collègues qui viennent aussitôt l'aider.

Ils sont une dizaine à pousser cette porte, dix à regretter qu'elle soit aussi lourde et que le souffle soit aussi violent.

La vague, elle, ne se plaint pas, bien au contraire. Elle semble ravie d'arriver enfin à destination et c'est avec plaisir qu'elle va engloutir tout ça.

Miro montre l'exemple et se jette à son tour sur la porte.

La petite taupe est plus habile à creuser les tunnels qu'à pousser des portes mais, dans un cas d'extrême urgence comme celui-là, toute aide est la bienvenue.

Le roi, malgré son rang, décide de se joindre à la manœuvre.

— Allez, mon bon Patouf, descends-moi ! demande le roi à son animal porteur.

De ses mains puissantes, Patouf attrape le roi

bien calé sur sa tête et le pose délicatement à terre.

— Allez, Patouf, ferme-moi cette porte !

Patouf le regarde deux secondes de son air idiot mais néanmoins gentil. Deux secondes, c'est toujours le temps qu'il prend pour comprendre ce qu'on lui dit. La langue minimoy n'est pas sa langue natale. Les gens ont tendance à l'oublier et penser que Patouf est un peu simplet, mais essayez de parler le patouf, et vous passerez vous aussi pour un benêt.

L'animal pose donc ses mains énormes sur la porte et la pousse de ses grands bras musclés.

Ça va beaucoup plus vite avec Patouf, mais la vague n'est plus loin. Quelques mètres seulement.

Arthur saute sur le verrou, prêt à le fermer. Patouf pousse encore et même lui est obligé de forcer pour lutter contre ce souffle impressionnant.

La vague arrive sur la porte... mais, dans un ultime effort, Patouf parvient à la claquer. Arthur se jette sur le verrou qu'il pousse entre les anneaux.

La vague vient se fracasser contre la porte, avec une violence inouïe. Le choc la fait trembler de partout, et nos petits amis sont projetés à terre.

Arthur atteint le deuxième verrou qu'il s'efforce de fermer.

De l'autre côté, l'eau envahit tout le tunnel et il ne reste pas une seule bulle d'air.

La deuxième barre traverse enfin ses anneaux et bloque définitivement la porte.

Tout le monde garde quand même les mains sur la porte, histoire de la soulager un peu. Elle en a bien besoin car la pression que l'eau exerce de l'autre côté est énorme.

Ce liquide est puissant mais aussi sournois, et il profite de la moindre faille pour s'infiltrer à l'intérieur.

Le roi constate que sa porte fuit de partout.

— Espérons qu'elle va résister ! se dit-il avec inquiétude.

Darkos regarde son boulier. La dernière boule roule doucement sur les deux tiges qui la guident et va rejoindre toutes les autres, indiquant ainsi la fin d'un cycle réglementaire.

— Et voilà ! lâche-t-il avec beaucoup de plaisir.

Il se tourne vers son père.

— À partir de cet instant, Majesté, vous êtes le seul et unique empereur et vous régnez en maître absolu sur l'ensemble des Sept Terres !

Darkos se fend d'une révérence plus prononcée que d'habitude.

Maltazard savoure sa réussite. Il gonfle lentement sa poitrine, comme s'il respirait pour la première fois, puis soupire de plaisir.

— J'ai beau ne pas être sensible aux honneurs, je dois reconnaître que cela fait tout de même quelque chose, de se savoir maître du monde, avoue-t-il en toute modestie. Mais ce qui me fait plaisir par-dessus tout... c'est de les savoir tous morts ! ajoute Maltazard que la victoire n'a pas rendu moins diabolique.

Si nos petits héros ne sont pas encore morts, ils ne sont pas pour autant sortis d'affaire.

— La porte a l'air de tenir ? demande le roi qui aimerait qu'on le rassure.

— Elle tiendra, lui répond Miro.

Venant d'un ingénieur aussi réputé que Miro, la réponse satisfait tout le monde.

Sélénia et Bétamèche lâchent progressivement la porte et s'autorisent à courir dans les bras de leur père.

— Mes petits, quelle joie de vous savoir sains et saufs ! s'exclame le roi, submergé par l'émotion.

Ils les serre très fort contre lui, trop heureux de pouvoir à nouveau les toucher. Puis il lève la tête vers le ciel, les yeux pleins de larmes.

— Merci ! merci, mon Dieu, d'avoir exaucé mes prières ! dit-il, avec beaucoup d'humilité.

13

La grand-mère aimerait bien, elle aussi, que ses prières soient entendues. Elle en est à la troisième depuis ce matin, mais rien ne vient.

Elle soupire un peu, resserre ses petits genoux sur le prie-dieu, qui est installé dans le salon sous une croix magnifique ornant le mur principal, et commence un nouvel Ave Maria.

C'est le moment que choisit le père d'Arthur pour débouler dans le salon comme un Martien.

— Là ! là ! ils sont géants ! beaucoup trop ! cinq ! dans le jardin ! noirs ! tout noirs ! et ils ont pas l'heure ! balbutie le père, aussi clair qu'un télégramme.

Il fait un tour sur lui-même, comme si l'air lui manquait.

— Vite ! sinon grand Noir fâché tout rouge !

très fâché ! pas perdre le temps ! ajoute-t-il avant de filer vers l'entrée.

Il n'est pas venu chercher l'heure, comme il l'a fait croire aux Matassalaïs, il est simplement venu chercher le courage de s'enfuir, laissant femme et enfant derrière lui. En l'occurrence, l'enfant, c'est fait depuis longtemps, et la femme, ça fait, de toute façon, un moment qu'il y pense.

Le père regarde à travers la cretonne qui pend aux fenêtres et constate que les visiteurs sont toujours dans le jardin. C'est le moment idéal pour prendre la fuite.

— Je... je reviens ! parvient-il à dire à la grand-mère, avant de filer à l'autre bout de la maison, vers l'entrée principale.

Le père ouvre la porte et sursaute à nouveau. Il y a un autre visiteur. Trois exactement.

Le premier n'est pas si grand et n'est pas si noir.

Il serait même plutôt élégant. Le père se calme un peu, tandis que Davido enlève son chapeau. Les deux autres sont bien noirs, mais ce qui est noir, c'est leur uniforme. De gendarme.

— Il est midi ! dit Davido, avec un grand sourire, comme un gagnant du loto.

Le père le regarde sans comprendre. Davido sort sa montre, soigneusement enchaînée à son gilet.

— Moins... une, pour être précis ! ajoute-t-il avec bonheur. Ce sera la limite de ma patience !

La petite troupe, Bétamèche en tête, déboule dans la salle des Passages.

Le vieux gardien a une nouvelle fois été dérangé, et a dû quitter son cocon. Ce qui n'est pas fait pour le mettre de bonne humeur.

— Dépêchez-vous ! j'ai déjà tourné la première bague ! lâche-t-il en bougonnant. Il ne vous reste plus qu'une minute !

Archibald passe le premier et il vient se placer devant le miroir gigantesque, dernière lentille de la lunette magique.

Le roi fait partie du comité d'adieu. Il est venu sans Patouf, trop grand pour la salle des Passages. Le souverain s'approche d'Archibald. Les deux hommes se font un sourire complice et se serrent la main.

— À peine es-tu de retour qu'il faut déjà que tu nous quittes ! dit le roi, avec une tristesse qu'il a bien du mal à dissimuler.

— C'est la loi des étoiles et les étoiles n'attendent pas ! répond Archibald, avec un sourire navré.

— Je sais, et c'est bien dommage. Il y a tellement de choses que tu devais encore nous apprendre ! reconnaît le roi, avec beaucoup d'humilité.

Archibald pose sa main sur son épaule.

— Vous en savez aujourd'hui autant que moi et n'est-ce pas là le plus important ? À nous deux, nous formons un tout, les connaissances de l'un venant compléter les connaissances de l'autre. N'est-ce pas là le secret de l'équipe ? Le secret des minimoys ? lui dit gentiment le grand-père.

— Oui, c'est vrai, acquiesce le roi : « Plus on est, plus on rit ». Cinquantième commandement.

— Tu vois, ça, c'est vous qui me l'avez appris ! ajoute Archibald, avec un large sourire.

Le roi est tout ému de cette marque d'amitié et de respect.

Les deux hommes, petits par la taille mais grands par le cœur, se serrent vigoureusement les mains. Le passeur tourne la deuxième couronne, celle de l'esprit, qui aurait bien besoin d'un peu d'huile.

— Prenez bien soin de mon gendre ! lui dit le roi en souriant.

— Avec plaisir. Et vous, prenez bien soin de ma belle-fille ! répond Archibald.

Le passeur finit de tourner la troisième couronne, celle de l'âme.

— En voiture ! hurle-t-il, comme un chef de gare.

Archibald adresse un dernier signe de la main et se jette sur le verre qui aussitôt l'absorbe. Le vieil homme disparaît, comme une tartine dans la confiture.

Archibald, ballotté par la magie, traverse une à une les lentilles qui rapetissent au fur et à mesure qu'il grandit.

L'extrémité de la longue-vue finit par le cracher, comme un vulgaire détritus qui gonfle au contact de l'air et de la lumière.

En trois roulades dans l'herbe grasse, Archibald a retrouvé sa taille normale.

Il souffle un bon coup et décide de rester quelques secondes les fesses par terre, histoire de se remettre de ses émotions.

Le chef des Matassalaïs vient se planter devant lui. L'homme l'accueille avec un magnifique sourire, montrant toutes ses belles dents blanches.

— Tu as fait bon voyage, Archibald ? lui demande le chef.

— Magnifique ! un peu long mais... magnifique ! lui répond le grand-père, tellement soulagé de retrouver son vieil ami.

— Et Arthur ? s'inquiète l'Africain.

— Il arrive !

Nos amis minimoys ne semblent pas très pressés de voir partir le brave Arthur et lui non plus n'a pas l'air d'avoir envie de disparaître dans cette masse gélatineuse qui va l'avaler, comme un caméléon avale une mouche collée sur sa langue. Mais c'est le prix à payer s'il veut rejoindre les siens et raconter ses incroyables aventures à sa grand-mère, en espérant qu'elle ne soit pas déjà morte d'inquiétude.

Bétamèche s'approche de lui, visiblement ému.

— On va s'ennuyer sans toi ! reviens vite ! supplie le petit prince.

— À la dixième lune, c'est promis ! répond Arthur en levant la main vers le ciel et en crachant par terre.

Bétamèche est un peu surpris par cette coutume, mais elle lui plaît bien et il l'adopte aussitôt.

— Promis ! dit Bétamèche en levant la main et en crachant largement par terre.

Arthur ne peut s'empêcher de rire de ce petit bonhomme qui n'en rate décidément pas une.

— On se dépêche ! rappelle le passeur. Le passage se fermera dans dix secondes !

Arthur s'avance devant l'immense lentille qui déforme son reflet.

Sélénia s'approche à son tour, un peu timide. Elle a du mal à contenir son émotion.

Arthur se tient face à elle et se tortille, mal à l'aise.

— Mille ans pour choisir un mari et je n'en aurai profité que quelques heures ! lui dit gentiment la princesse, qui retient ses larmes.

— Je dois rentrer, ma famille doit être morte d'inquiétude, comme l'était la tienne.

— Bien sûr, bien sûr, approuve Sélénia, sans conviction.

— Et puis dix lunes, ce n'est pas si long, ajoute Arthur qui se veut rassurant.

— Dix lunes, c'est des millions de secondes que je passerai sans toi, lâche Sélénia qui ne peut retenir davantage ses larmes.

Arthur aussi a les yeux tout embués. Il recueille du bout d'un doigt les larmes de son épouse et l'embrasse.

— Des millions de secondes, voilà de quoi éprouver notre désir, comme le réclame la tradition, comme le réclame le protocole, rappelle Arthur, avec amertume.

— ... Au diable le protocole ! lâche la princesse en jetant ses lèvres sur celles d'Arthur.

Les deux amoureux se serrent l'un contre l'autre et s'embrassent de toutes leurs forces. Un vrai baiser d'amour. Le premier. Le plus beau. Le plus délicieusement interdit.

Sélénia pose ensuite ses mains sur les épaules d'Arthur et le pousse violemment en arrière. Le baiser s'interrompt, leurs lèvres se séparent et Arthur disparaît, absorbé par le verre qui ne demandait que ça.

— Sélénia ! a-t-il juste le temps de hurler, avant que sa voix soit totalement étouffée par la matière.

Arthur est ballotté dans tous les sens par des courants incontrôlables.

Il comprend mieux maintenant ce que ressentent les alpinistes, pris dans ces avalanches monstrueuses qu'ils décrivent longuement.

Arthur se débat dans la masse et surtout ne cesse de bouger, comme le conseillait *Premier de cordée*, son livre préféré avant qu'il ne tombe sur le récit des aventures africaines de son grand-père.

Les lentilles qu'il traverse sont de plus en plus petites et de plus en plus dures.

La dernière est comme un mur et Arthur se fait un peu mal à la tête en la traversant.

À peine est-il dehors que ses poumons se remplissent d'un air trop pur. Son corps entier se gonfle comme une baudruche, comme un airbag après un choc.

Arthur est projeté à terre et part aussitôt en roulade.

Il finit à quatre pattes dans l'herbe, face à une truffe qui remue la queue.

Alfred, trop heureux de voir son maître, n'attend pas qu'il se remette de ses émotions et lui lèche le visage. Arthur éclate de rire et se défend comme il peut de ses assauts baveux.

— Arrête, Alfred ! laisse-moi respirer deux secondes ! se plaint gentiment Arthur, tellement content de retrouver son plus fidèle ami.

Archibald vient à la rescousse en lui tendant la main.

À peine est-il sur pied qu'il aperçoit sa mère, toujours dans les pommes.

Le petit Arthur se rue dans sa direction et se penche sur elle.

— Que lui est-il arrivé ? demande l'enfant, inquiet.

— Elle nous a vus et elle est tombée dans les

oranges, explique simplement le chef matassalaï, tenant le fruit à la main, comme s'il s'agissait d'une preuve irréfutable.

— Chez nous on appelle ça des pommes ! lui répond Archibald, amusé de pouvoir jouer avec les mots.

L'Africain regarde son orange sans comprendre.

Arthur caresse affectueusement le visage de sa mère.

— Réveille-toi, petite maman ! c'est Arthur ! chuchote-t-il, d'une voix si douce que sa mère finit par se réveiller, charmée par cette belle mélodie.

Elle ouvre doucement les yeux et découvre avec émerveillement le visage de son fils, en pleine forme. Elle pense d'abord qu'elle n'a pas tout à fait fini son rêve, alors elle sourit aux anges et referme doucement ses paupières.

— Maman ?! insiste Arthur en lui tapant sur la joue.

La mère rouvre grand les yeux tout d'un coup.

— Ce n'est pas un rêve ?! demande-t-elle, le visage ahuri.

— Mais non ! c'est bien moi, Arthur ! ton fils, dit-il en la secouant légèrement par les épaules.

La mère réalise qu'elle a retrouvé son fils et fond immédiatement en larmes.

— Oh ! mon petit fils adoré ! lui dit-elle en retombant dans les pommes et les oranges.

De l'autre côté du jardin, la grand-mère ne soupçonne pas le drame qui s'est déroulé et elle accompagne Davido jusqu'au perron. L'infâme propriétaire scrute à l'horizon la petite route qui serpente sur la colline. Il regarde à nouveau sa montre qu'il tient en permanence dans la main, comme un chronométreur officiel.

— Midi pile ! annonce-t-il fièrement à sa seule spectatrice, les deux policiers comptant, à ses yeux, pour du beurre. Midi pile et toujours rien à l'horizon ! se sent-il obligé d'ajouter.

À moins que ce ne soit par pur plaisir, pour remuer le couteau dans la plaie.

Davido pousse un grand soupir avant d'ajouter, faussement désespéré :

— Je crains fort que même en ce beau dimanche, pourtant jour du Seigneur, il n'y ait pas de miracle !

Il profite de ce qu'il tourne le dos à la grand-mère pour ricaner bêtement. Il ferait un bon séide. La mamie est bien peinée et les deux policiers bien embêtés. Ils aimeraient tellement l'aider, cette pauvre femme, mais la loi est aujourd'hui du côté de Davido et les policiers font malheureusement bien leur travail.

Le vilain rictus de Davido se dissipe et il reprend son sérieux. En se raclant la gorge, il se retourne vers la grand-mère, qui n'est plus seule. Archibald et Arthur sont à ses côtés, la tenant chacun par un bras. Comme par enchantement.

Comme par miracle. Davido en reste sans voix, la mâchoire pendante.

Si Copperfield le magicien avait fait disparaître une ville tout entière devant ses yeux, Davido n'en aurait pas été plus étonné. C'est plus qu'un tour de magie. C'est plus qu'un miracle. C'est une catastrophe.

Archibald lui balance un sourire, même pas amical, juste poli.

— Vous avez raison, Davido... c'est un très beau dimanche ! s'exclame le vieil homme, qui a toujours le mot pour rire.

Davido est incapable de bouger, tellement la surprise le paralyse.

— Nous avons quelques papiers à signer je crois ? lui demande le grand-père.

Il faut quelques secondes à Davido pour qu'il remue enfin la tête.

Le choc a visiblement endommagé ses pauvres capacités mentales déjà bien réduites.

— Passons donc au salon, il y fait plus frais et nous serons plus à notre aise, propose Archibald avec une courtoisie exemplaire.

Tandis qu'il se dirige vers la maison, il glisse quelques mots à l'oreille d'Arthur, le plus discrètement du monde.

— C'est maintenant qu'on va avoir besoin du trésor ! lui chuchote-t-il à l'oreille. Moi, je fais diversion et j'essaie de gagner du temps, toi tu t'occupes de récupérer les rubis !

Arthur n'est pas sûr d'avoir hérité de la mission la plus facile, mais cette marque de confiance le rend tout fier.

— Tu peux compter sur moi ! répond-il discrètement, avant de bifurquer vers l'arrière du jardin.

À peine a-t-il fait quelques mètres qu'il tombe dans l'un des trous creusés par son père. Arthur s'étale de tout son long dans la fosse.

Alfred pointe son museau au bord du trou et constate les dégâts.

— C'est pas gagné ! lui dit Arthur, de la terre plein la bouche.

14

L'heure est aux préparatifs de guerre sur la grande place de Nécropolis.

L'armée de séides finit de s'aligner, formant ainsi au sol un immense M.

Ce sont des milliers de soldats, juchés sur leurs moustiks qui s'apprêtent à envahir les nouvelles terres.

Maltazard avance doucement sur son balcon qui surplombe la place immense où s'est rassemblée son armée impeccable.

Il a, pour la circonstance, mis une nouvelle cape, d'un noir absolu sur laquelle scintillent une centaine d'étoiles, plus brillantes les unes que les autres.

La clameur de l'armée accueille son puissant souverain qui lève les bras vers son peuple, comme le pape à son balcon.

Le prince des ténèbres savoure sa victoire éclatante, terrassante, écœurante même, pense Mino, toujours sur le côté de la pyramide et qui se demande bien ce qu'il doit faire. Comment Arthur aurait-il pu survivre à un tel raz-de-marée ?

C'est pratiquement impossible, mais ce n'est pas le « impossible » qui le gêne, c'est le « pratiquement ». Même s'il n'y avait qu'une chance sur un million, il y a tout de même une petite chance qui traîne et Mino n'a pas le courage de la gâcher.

Mino consulte sa nouvelle montre. Arthur n'a oublié qu'un seul détail. Si la petite taupe est tout à fait capable de lire l'heure, elle est par contre incapable de voir d'aussi près.

Mino s'affole. Il a beau reculer son bras le plus loin possible de son corps, rien n'y fait. Il est miro. Comme une taupe. Comme son père.

Arthur arpente le jardin dans tous les sens. Impossible de reconnaître quoi que ce soit à cette échelle. À part le minuscule ruisseau qu'il a dévalé, à bord de sa noix. Il remonte le cours d'eau, longe le petit mur, haut de quelques briques seulement, et arrive au pied de l'énorme réserve d'eau.

Il doit y avoir une minuscule grille, quelque part, enfouie dans l'herbe, mais Arthur a beau chercher, il ne trouve rien.

Alfred, lui, a retrouvé sa balle. Il la dépose aux pieds de son maître qui semble la chercher partout.

— C'est pas le moment de jouer, Alfred ! dit l'enfant, vraiment concentré.

Il prend la balle et la jette au loin, ce qui n'est pas le meilleur moyen de dire à un chien que le jeu s'arrête.

Pendant ce temps, Mino s'approche de l'un des gardes qui entourent le trésor.

Il toussote et l'interpelle très poliment.

— Excusez-moi de vous déranger. Pourriez-vous me lire l'heure s'il vous plaît ? Je ne vois pas très bien de près !

Le séide a une tête de brute. C'est déjà un miracle qu'il lui ait laissé le temps de finir sa phrase. Le garde se penche et regarde le bracelet.

— Chais pas lire ! aboie-t-il comme un ogre.

Brute et abruti.

— Ah ?! tant pis ce n'est pas grave, regrette la petite taupe.

— Allez, Mino ! dépêche-toi !!! l'encourage Arthur, même si ses prières ne lui parviennent pas.

Alfred lui ramène sa balle en frétillant de la queue.

Il ne comprend décidément pas la tragédie qui est en train de se dérouler devant lui. Il ne voit que sa balle, et le jeu qui va avec.

Arthur, excédé, attrape la balle et la lance de toutes ses forces à l'autre bout du jardin.

En fait, c'est là où il aurait aimé envoyer la balle. Malheureusement, un bras fatigué et un vent léger en décident autrement. La balle dévie de sa trajectoire et traverse le carreau du salon.

Davido sursaute et renverse son café sur son beau complet blanc crème.

Comme il avait pris son café sans lait, il n'y a rien à faire, ça se voit.

Davido baragouine quelques insultes que la douleur transforme en onomatopées.

La grand-mère se précipite, un torchon à la main, tandis que le grand-père prend un air embêté.

— Oh !? vraiment désolé ! vous savez ce que c'est ! les enfants !

Davido arrache le torchon des mains de la grand-mère et s'essuie lui-même.

— Non, Dieu merci ! je n'ai pas encore le plaisir de connaître ! postillonne-t-il entre ses dents.

— Ah ! les enfants ! s'émerveille Archibald. Un enfant, c'est comme un petit agneau, ça vous remplit la vie et dans mon cas précis, ça a sauvé la mienne ! confesse-t-il, dans une allusion qu'il est le seul à comprendre.

— Et si nous laissions les agneaux tranquilles et que nous revenions à nos moutons ? suggère Davido, qui pousse à nouveau les papiers à signer sous le nez d'Archibald.

— Bien sûr ! lui répond le grand-père en regardant les papiers.

Il doit absolument trouver une nouvelle idée qui lui permettrait de gagner encore un peu de temps.

— Laissez-moi d'abord vous refaire un petit café ! lâche-t-il en se levant.

— Ce n'est pas la peine ! lui répond Davido, mais le grand-père joue les sourds et se dirige déjà vers la cuisine.

— C'est un café qui me vient d'Afrique centrale. Vous allez m'en dire des nouvelles !

Maltazard tient toujours ses bras levés, face à la foule en liesse.

— Mes fidèles soldats !

C'est par ces mots qu'il commence son discours et le silence se fait progressivement. Un silence religieux, pour des paroles qu'on boit comme une liqueur divine.

— L'heure de gloire est arrivée ! hurle le souverain, d'une voix à vous glacer le dos et que l'écho se charge de répéter à qui veut l'entendre.

Le peuple séide hurle de joie. Comme à chacune de ses phrases. C'est à se demander s'ils les comprennent ou s'ils obéissent bêtement au panneau que leur montre régulièrement Darkos, sur lequel on peut lire « Applaudissements ».

Mais comme la plupart ne savent pas lire, ils se contentent de pousser des hurlements.

Maltazard attend le silence et continue son discours.

— Je vous promets richesse et pouvoir, grandeur et éternité !

Les séides crient à nouveau, sans vraiment comprendre ce que leur chef promet et qui ne leur sera jamais destiné. Ce sont des mots que le maître se réserve et il y a peu de chances qu'il partage richesse et pouvoir, et encore moins grandeur et éternité !

— Nous allons maintenant envahir et conquérir toutes ces terres qui nous sont promises ! ajoute-t-il, déclenchant le délire dans l'assemblée.

Là, ils ont compris et moustiks et séides trépignent d'excitation devant l'envergure de la mission qui leur est confiée.

La mission de Mino est bien moins ambitieuse. Il doit simplement arriver à lire l'heure sur la montre que lui a offerte Arthur. Il prend son élan et tente un deuxième essai.

— Excusez-moi, c'est encore moi ! dit-il poliment au séide. Je vous l'offre ! ajoute-t-il en lui tendant joyeusement la montre.

Abruti comme il est, il y a peu de chances qu'il sache ce que « cadeau » veut dire.

Mino ne lui laisse pas le temps de penser, ça risque de prendre des heures, et il lui passe le bracelet autour du poignet.

— Voilà ! ça vous va très bien ! lui dit-il, avant de le quitter.

Le séide regarde un instant sa montre, comme un ananas regarderait la télé.

— Hep ?! lui fait le séide, un peu perplexe.

Mino a déjà fait dix pas. Il s'arrête et se retourne.

— Qu'est-ce que tu veux que j'en fasse ? Je ne sais pas lire ! grogne le séide, aimable comme une plaque en marbre.

— C'est pas grave ! Quand vous voulez savoir l'heure, il vous suffit de lever le bras en direction de quelqu'un qui sait lire. Moi, par exemple. Levez le bras, vous allez voir, c'est facile.

Le séide, plus bête qu'un poisson qui n'a jamais vu d'hameçon, écoute Mino et lève les deux bras. La petite taupe peut enfin lire l'heure sur la montre à une distance qui lui convient.

— Mon Dieu ! midi cinq ! hurle-t-il, affolé.

Mino part en courant vers ses manettes, laissant le séïde planté comme un épouvantail.

En surface, Arthur attend toujours que la petite taupe se manifeste.

Mais rien ne se passe et Arthur commence à désespérer.

Ce n'est pas le moment, Mino fait de son mieux.

L'animal fait ses calculs à toute vitesse et vous n'avez pas idée de la rapidité à laquelle peut calculer une taupe.

Il tire sur plusieurs manettes, ce qui modifie immédiatement la position de plusieurs rubis. Du coup la lumière, qui illuminait la pyramide, disparaît peu à peu, sans que personne ne s'en rende vraiment compte. Tout ce petit monde est trop absorbé par le discours de Maltazard qui se termine par ces mots :

— ... Que la fête commence !!!

L'armée hurle de joie, comme jamais auparavant.

Chacun jette son arme en l'air avec un ensemble parfait et, pendant quelques secondes, le spectacle a fière allure. La fin du numéro est moins au point. Les armes retombent un peu n'importe où et surtout n'importe comment. Les blessés se comptent aussitôt par dizaines.

Maltazard lève les yeux au ciel, atterré par la bêtise de son armée.

Mino profite du chaos provisoire pour actionner une dernière manette.

D'un seul coup, la lumière est récupérée et se transforme en un magnifique faisceau rouge qui part du sommet de la pyramide et monte directement vers l'extérieur.

L'assistance pousse un « Oooohhh ! » admiratif et général.

On pense évidemment que ce nouveau jeu de lumière fait partie du spectacle.

— Oh ! la belle rouge ! entend-on, ici et là.

Mino tourne une manette et le faisceau s'intensifie. Sa puissance est phénoménale et fend, comme un éclair, le ciel de Nécropolis.

— C'est magnifique, divin souverain ! se réjouit

Darkos en applaudissant doucement, afin de ne pas couvrir la clameur qui idolâtre son père.

Maltazard n'y est bien sûr pour rien, mais il ne sait pas comment l'avouer.

Au milieu du jardin, un magnifique rayon rouge sort du sol et monte pratiquement jusqu'au ciel.

Arthur hurle de joie et se jette à terre pour regarder à travers le trou.

Alfred, qui a réussi à récupérer sa balle, s'approche à son tour, attiré par cette appétissante lumière qui ressemble à un gigantesque sucre d'orge.

Arthur plonge la main dans le trou, mais il n'a malheureusement pas le bras assez long.

Mino regarde en l'air l'ombre d'Arthur qui se dessine dans l'ouverture.

Maltazard aussi a vu ces ombres et même s'il n'a pas vraiment compris ce qui se trame, il sent tout de même la menace qui rôde.

— Il va nous faire repérer, cet imbécile ! arrêtez-le immédiatement !!! hurle-t-il en direction des gardes qui stationnent autour de la coupole.

Arthur se gratte la tête. La sueur perle à nouveau sur son front.

— Il faut trouver une idée, Alfred ! là, maintenant, tout de suite ! dit l'enfant en regardant son chien.

Alfred dresse un peu les oreilles, comme s'il voulait qu'on lui répète la question.

Arthur soupire. Il n'y a rien à tirer de ce chien stupide qui ne sait que baver sur la balle qu'il tient dans la gueule. Arthur marque un temps. Un détail. Une idée.

— La balle ! mais bien sûr !

Il crie de bonheur et tend le bras vers son chien.

— Tu me sauves la vie, Alfred ! Donne-moi ta balle !

Et c'est, avec grand plaisir que le chien repart en courant au bout du jardin, persuadé que le sourire d'Arthur indiquait la reprise du jeu.

Arthur, fou de rage, part en courant derrière son chien, mais à deux pattes contre quatre, il n'est pas près de le rattraper.

Pendant ce temps, les gardes se sont regroupés et marchent vers Mino, leurs lances en avant.

Mino tremble de peur et cherche désespérément une arme pour se défendre.

— Stop ! Hurle Arthur, comme jamais il n'a hurlé de sa vie. Il s'en est fait mal aux poumons.

Ce n'est peut-être pas le cri qui tue, mais tout au moins il paralyse : Alfred s'est arrêté net, tétanisé par ce cri effroyable qui semble venir des entrailles de son maître, comme si un monstre vivait tapi à l'intérieur de lui.

Alfred desserre les mâchoires, la balle en profite pour tomber à terre et Arthur en profite pour la ramasser.

— Merci ! lui dit l'enfant, à nouveau gentil, en lui frottant la tête.

Voilà un tour de passe-passe qu'Alfred n'est pas près d'oublier.

15

Mino n'est pas près non plus d'oublier ce jour qui s'annonce comme son dernier.

Les gardes sont face à lui et Mino, en dernier recours, se met en position de self-defence, Bruce Lee en version taupe.

— Attention ! prévient Mino, les mains en avant, je peux devenir méchant !

Méchant est un mot qui résonne bien chez Maltazard. Le souverain, excédé, sort de son fourreau l'épée magique de Sélénia qu'il s'est appropriée.

Il brandit l'épée en faisant un large geste et l'envoie de toutes ses forces en direction de Mino.

Si la taupe a des problèmes pour voir de près, elle voit, en revanche, très bien de loin et Mino distingue parfaitement la fusée qui est en train de lui foncer dessus.

La petite taupe se décale légèrement vers la

droite. D'après ses calculs, cela devrait suffire. La lame vient se planter bruyamment à droite, à quelques centimètres du visage décomposé de Mino. Comme quoi, même une taupe peut se tromper dans ses calculs.

Maltazard est furieux d'avoir raté son coup, surtout devant son fils.

Plutôt que d'attendre de trouver une explication logique à son échec, le souverain préfère faire diversion.

— Emparez-vous de lui ! hurle-t-il en direction des gardes qui tardent un peu.

— Je vous aurai prévenus ! Je vais me fâcher !!! insiste Mino, en reculant doucement.

Les séides ricanent et n'en croient rien. Dommage pour eux.

Une balle de tennis, deux cents fois plus grande qu'eux, vient de s'engouffrer dans le tuyau qui les surplombe. L'objet, gros comme une météorite, cache la lumière de la surface et les séides lèvent les yeux pour regarder cette ombre qui descend sur eux. Ça ne dure pas longtemps. À peine une seconde. Ils se prennent la balle en pleine tronche.

Maltazard se penche à son balcon, hébété de stupeur. Le final n'est vraiment pas à son goût.

— Arrêtez-moi cette balle !!! s'écrie-t-il, sans réaliser que sa demande est impossible à satisfaire.

Les séides sont balayés comme des feuilles mortes par cette balle gigantesque qui, à chaque rebond, écrase, détruit, arrache tout sur son passage.

Les pailles et les tuyaux valsent dans tous les sens, comme des quilles de bowling et c'est des dizaines de trous qui libèrent de l'eau sous pression. La place est maintenant cernée de geysers qui crachent en continu l'eau des deux énormes réservoirs. Le torrent, qui s'engouffrait dans le tuyau par lequel Arthur et ses amis ont fui, est très vite débordé et sort de son lit.

La balle, guidée par le torrent, roule jusqu'à l'entrée du tuyau et vient l'obstruer, comme le bouchon d'une baignoire.

Rapidement, l'eau envahit la place et c'est la panique dans l'armée séide.

— Fais quelque chose ! ordonne Maltazard à son fils, mais le pauvre garçon n'a pas vraiment de solution, à part prier.

Mino grimpe dans la soucoupe qui retient le trésor et se cache entre deux rubis.

Le spectacle qu'il a devant lui est apocalyptique. L'eau a envahi la place de Nécropolis et les petites baraques de marchands dérivent dans tous les sens.

Certains moustiks sont restés au sol et ont déjà de l'eau jusqu'à la selle, tandis que les autres tournent en rond dans la salle royale, qui n'a plus d'issue.

Les séides qui tombent à l'eau coulent malheureusement à pic, à cause de leur armure bien trop lourde.

Des pans entiers de mur, rongés par l'eau, s'écroulent sur la place, provoquant des vagues monstrueuses. Les mêmes vagues entraînent les petits baraquements qui vont se fracasser sur les parois du palais, sous le balcon de Maltazard.

Le souverain regarde cette catastrophe qui monte à toute vitesse vers lui, et qui bientôt engloutira son balcon. Il n'arrive pas à y croire. Comment cette petite taupe de rien du tout a-t-elle pu déclencher un tel cataclysme ? Comment un empire aussi puissant que le sien peut tomber aussi rapidement ?

Il suffit parfois d'un grain de sable pour enrayer la plus grosse des machines, d'un talon un peu faible pour mettre à terre un géant et de quelques hommes courageux pour démarrer une révolution. Il n'avait qu'à lire *Le Grand Livre des pensées*, comme Mino le lui avait cent fois conseillé. Le commandement deux cent trente lui aurait rappelé que « plus le clou est petit, plus il fait mal quand il est dans le pied ».

Maltazard comprend la leçon, mais il est trop tard pour réagir.

Il est perdu, détruit, comme son royaume.

L'eau finit par soulever la soucoupe et son trésor, et la petite assiette monte doucement à l'intérieur du tuyau qui mène vers la surface.

Mino est toujours à bord, la peur au ventre, coincé entre deux rubis.

Voguer à la surface de l'eau n'est pas vraiment la spécialité des taupes et Mino a déjà mal au cœur.

Maltazard aussi a mal au cœur, de voir son royaume se dissoudre sous ses pieds.

L'eau atteint maintenant le balcon et il n'a plus beaucoup de solutions.

Il choisit la première qui passe : il saute sur un moustik.

Le séide qui le pilote est évidemment tout fier d'avoir son maître à bord mais, comme dans tout navire, il ne peut y avoir qu'un seul maître à bord.

Maltazard attrape le séide et le jette négligemment par-dessus bord.

Le pauvre pilote n'aura même pas le temps de crier avant de couler à pic dans l'eau tumultueuse.

Maltazard prend les rênes du moustik, un peu petit pour lui, et s'apprête à partir.

— Père ?! s'écrie Darkos.

Maltazard tire sur les rênes et arrête son moustik.

Son fils est sur le balcon, le regard perdu, les mollets dans l'eau.

— Ne m'abandonnez pas, père ! dit-il d'une voix presque enfantine.

Maltazard vient se mettre face à lui, en vol stationnaire.

— Darkos !... je te nomme commandant ! lui annonce son père, très solennellement.

Le fiston n'est que vaguement flatté car, pour bien profiter de cette nouvelle nomination, il vaudrait mieux qu'il soit au sec. Il tend la main vers son père, espérant une petite place à l'arrière du moustik.

— ... Et un commandant ne quitte jamais son navire ! ajoute son père, fâché d'avoir à lui rappeler la plus essentielle des règles militaires.

Maltazard tire sur les rênes, fait demi-tour et disparaît dans le ciel voûté de Nécropolis.

Darkos, déçu, meurtri, abandonné, baisse la tête en signe d'impuissance.

Il constate alors qu'il a déjà de l'eau jusqu'à la taille et que son visage se reflète à la surface. Il regarde ce visage fatigué et déçu qui monte rapidement vers lui, comme un frère qui le rejoindrait. Cette pensée le fait sourire. Aussitôt, son reflet affiche le même sourire. Darkos en est tout ému.

C'est bien la première fois que quelqu'un s'avance vers lui en souriant.

Ce sera aussi la dernière. Son reflet s'est encore rapproché et lui donne un baiser d'adieu.

Arthur est toujours allongé dans l'herbe, l'oreille tendue vers ces gargouillements qui courent dans le ventre de la Terre.

Le petit trou dans lequel il a envoyé la balle reste désespérément vide, et Arthur commence à se demander s'il n'a pas échoué dans la dernière partie de sa mission.

Avoir traversé les Sept Terres, à deux millimètres du sol, affronté les séides, bu du Jack-fire, épousé une princesse, récupéré son grand-père et un trésor, pour échouer si près du but. Il y a là une forme d'injustice qu'Arthur ne peut admettre. Pourquoi le ciel qui jusque-là l'a toujours accompagné le laisserait tomber si soudainement ? Cette dernière pensée lui remonte le moral et il se penche davantage vers le petit trou. Il entend nettement l'eau qui gargouille et si l'on se fie à la rumeur qui s'amplifie, le niveau de l'eau doit être en train de monter.

Arthur scrute davantage le trou noir.

Soudain un objet brille dans le fond. Le premier rubis au sommet de la pyramide vient de trouver la lumière. Peu à peu, la coupole monte, portée par les eaux, et la pyramide s'illumine progressivement.

Arthur est émerveillé. Il en a les larmes aux yeux.

Il a réussi sa mission. Une mission périlleuse, où cent fois il a risqué sa vie, bravé tous les dangers. Une aventure qui l'a obligé à s'ouvrir, à se dépasser. Un chemin qu'il a entamé comme un petit garçon, et qu'il a fini comme un petit homme.

Arthur tend les mains et attrape délicatement la coupole pleine de rubis.

Il regarde un instant ce trésor, comme un étudiant regarde son diplôme de fin d'année.

Arthur a les félicitations du jury et son président remue la queue, avant d'aboyer les compliments.

Arthur pénètre dans le garage et allume aussitôt l'immense néon, qui hésite un peu à travailler.

L'enfant pose doucement la soucoupe sur la table et fouille tous les tiroirs de l'établi. Il trouve enfin son bonheur. Une loupe.

Arthur approche lentement l'objet de la pyramide de rubis et en scrute méthodiquement l'intérieur à la recherche d'une petite taupe.

— Mino ?! chuchote Arthur, dont la voix normale pourrait paraître monstrueuse à un Minimoy.

Mino a bien entendu, mais ce hurlement effroyable ne lui dit rien de bon. Comment pourrait-il reconnaître son ami Arthur, maintenant que le timbre de sa voix est devenu si bas ?

Mino prend quand même son courage à deux mains et se décide à montrer sa tête. Il tombe alors sur un mur de verre, dont il aperçoit à peine le contour. La lentille reflète un œil gigantesque, plus gros qu'une planète.

Mino pense aussitôt à cette vieille histoire que lui racontait son père pour lui faire peur. Elle parlait d'un œil aussi monstrueux que celui-ci qui vivait au fond d'une tombe et qui regardait sans relâche un dénommé Caïn.

Mino pousse alors un cri horrible et tombe dans les rubis, ce qui en soi est toujours mieux que les pommes. Ou les oranges.

La moitié du peuple minimoy a toujours ses petites mains collées contre la porte, mais la pression de l'eau commence à diminuer. C'est Miro qui annonce la bonne nouvelle, en décollant son oreille de la porte.

Le roi relâche son effort, mais n'ose pas encore enlever ses mains.

Patouf se pose moins de questions. Il recule de quelques pas, met ses mains sur ses hanches et se penche un peu en arrière pour faire craquer son dos. Il est vrai qu'à lui tout seul il faisait probablement les deux tiers du travail. De quoi se faire un tour de rein.

Le roi, seul avec les mains sur la porte, finit par se sentir un peu ridicule.

— Vous pouvez lâcher, père ! je pense que ça tiendra ! lui dit gentiment sa fille, amusée par la situation.

La rumeur de l'eau s'éloigne, comme une mauvaise pensée, comme un mauvais souvenir.

Miro ouvre la petite porte située à la hauteur de son visage et jette un œil à l'extérieur.

— L'eau a disparu ! ils ont réussi ! hurle la taupe.

La nouvelle est accueillie avec une joie sans pareille et c'est des centaines de petits chapeaux qui s'envolent, ainsi que des hurlements, des cris, des chansons, et divers sifflements. Tout ce qui permet d'exprimer le bonheur d'être en vie.

Sélénia se jette dans les bras de son père. Elle en a oublié sa pudeur légendaire.

De grosses larmes roulent sur ses joues tandis qu'elle éclate d'un rire incontrôlable.

Bétamèche est grisé par tous ces compliments et toutes ces mains qui veulent serrer la sienne. Il est obligé de monter un « merci » en boucle pour répondre à toutes les demandes.

Le peuple minimoy tout entier est en liesse et entame naturellement son chant national.

Miro regarde tout ça avec gentillesse, mais le cœur n'y est pas.

Le roi s'approche de lui et pose son bras sur ses épaules.

Il connaît le malheur qui ronge Miro et qui l'empêche de faire la fête.

— Comme j'aurais aimé que mon petit Mino puisse assister à un tel spectacle !

Le roi compatit et le serre davantage dans ses bras. Il n'y a rien d'autre à faire dans ces cas-là, et encore moins à dire.

Mais une rumeur vient troubler la fête. Une rumeur qui monte, plus forte encore que celle de l'eau.

La terre se met à trembler légèrement et la fête s'arrête instantanément.

L'inquiétude se lit à nouveau sur les visages. Elle n'aura disparu que le temps d'une chanson.

Les tremblements au sol s'accentuent et quelques plaques de terre se décrochent du plafond, comme autant de bombes tombées du ciel qui éclatent en faisant de véritables cratères.

La vengeance de Maltazard n'aura pas tardé, pense-t-on déjà dans la foule qui gagne les abris. Qui d'autre que ce démon peut venir détruire la voûte de la cité ?

Une secousse, beaucoup plus forte que les autres, vient décrocher un énorme caillou du plafond.

— Attention ! hurle Miro qui ne peut rien faire d'autre que prévenir.

Les Minimoys partent en courant et laisse l'énorme pierre trouer le sol dans un nuage de poussière.

Le choc est si violent que le roi en tombe sur les fesses.

Les tremblements s'arrêtent et un gigantesque tuyau bariolé apparaît au plafond et descend jusqu'au sol.

Le roi n'en croit pas ses yeux. Que diable ce démon de Maltazard a-t-il encore pu inventer ? s'interroge le souverain.

L'impressionnant tuyau s'est stabilisé et l'on

distingue nettement, en transparence, une boule qui glisse à l'intérieur.

— Une boule de mort ! s'écrie Bétamèche.

Il n'en faut pas plus pour créer la panique la plus totale.

Sélénia est la seule à ne pas y céder.

Elle observe cet horrible tuyau qui lui rappelle quelque chose.

— C'est une paille ! s'écrie-t-elle tout à coup, un sourire jusqu'aux oreilles. Une paille d'Arthur !

La boule finit sa descente, heurte le sol et roule sur le côté.

Mino se redresse, tout courbaturé, et crache la poussière qu'il a dans la bouche.

Il tient, bien serrée dans ses bras, l'épée de Sélénia.

— Mon fils ! s'écrie Miro la taupe, bouleversé par l'émotion.

— Mon épée ! s'exclame Sélénia la princesse, folle de bonheur.

Miro se rue sur son fils et le serre dans ses bras.

Le peuple minimoy, couvert de poussière, pousse à nouveau des cris de joie.

Le roi s'avance vers Miro et son fils, collés comme des müls-müls.

— Tout est bien qui finit bien ! lance-t-il heureux, mais pas fâché que l'aventure se termine.

— Pas tout à fait ! répond Sélénia avec autorité.

Elle quitte le petit groupe et marche jusqu'au centre de la place, là où se trouve la roche des anciens.

Elle brandit son épée et, d'un seul geste, la plante dans la pierre.

Aussitôt la pierre se referme et emprisonne l'épée, à tout jamais.

Sélénia laisse échapper un soupir de soulagement. Elle jette un regard à son père qui, d'un signe de tête, lui témoigne son approbation et sa gratitude. Sélénia l'accepte, avec humilité. Cette aventure lui a appris tellement de choses, mais surtout une, essentielle pour faire d'une princesse une bonne reine, mais aussi pour réussir sa vie d'une manière générale : la sagesse.

Doucement, la paille remonte et quitte la place du village, comme une fusée muette.

16

Arthur la récupère et vérifie que Mino n'est plus à l'intérieur.

— Yes !! s'exclame-t-il en constatant que la paille est vide.

Il met une petite pierre pour boucher le trou et récupère la soucoupe pleine de rubis.

Il serait temps qu'elle arrive, cette soucoupe au trésor, car Archibald ne sait plus quoi inventer pour gagner du temps.

Il a de l'encre plein les mains et tripote son stylo qu'il a pris soin de démonter en trois parties.

— C'est incroyable ! un stylo qui jamais ne m'a trahi ! et voilà qu'au pire des moments, celui de signer ces papiers si importants, il me lâche ! explique le grand-père, plus bavard que jamais. C'est un ami suisse qui me l'avait offert et, comme vous le savez probablement, les Suisses ne sont pas uniquement spécialistes en horlogerie et en chocolats, ils fabriquent aussi d'admirables stylos !

Davido, excédé, lui met son Mont-Blanc sous le nez.

— Tenez ! celui-là aussi il vient de Suisse ! Maintenant, signez ! On a perdu assez de temps comme ça !

Le propriétaire ne tolérera plus une seule diversion. Ça se lit dans son regard.

— Ah ?... euh... oui, bien sûr ! balbutie Archibald, à court d'idées.

Il gagne encore quelques secondes en admirant le stylo.

— Magnifique ! Et... il écrit bien ? ajoute le grand-père.

— Essayez-le vous-même ! lui répond Davido, plutôt habile sur ce coup-là.

Archibald n'a plus le choix et il signe le dernier papier.

Le propriétaire le lui arrache aussitôt des mains et le range dans le dossier.

— Voilà ! Vous êtes maintenant propriétaire ! lance Davido, le visage un peu crispé.

— Formidable ! répond Archibald qui sait que ce n'est pas si simple. Il a rempli tous les papiers, mais n'a pas réglé le principal.

— ... L'argent ! demande Davido en tendant la main.

Il sait que c'est sa dernière chance. L'acte de propriété n'aura de valeur qu'au moment où Archibald se sera acquitté de la somme à payer et, pour l'instant, il ne l'a pas.

Le vieil homme adresse aux deux policiers qui entourent Davido un sourire qui demande de l'aide. Malheureusement, les deux représentants de l'ordre ne peuvent pas grand-chose pour lui.

Davido sent le vent tourner, en sa faveur. C'est déjà un miracle que ce vieil homme soit réapparu au dernier moment. Il n'y aura pas deux miracles dans la journée.

Davido ouvre le dossier, saisit les actes et se prépare à les déchirer.

— Pas d'argent... pas de document ! dit l'infâme propriétaire qui compte bien le rester.

La porte d'entrée s'entrouvre et tout le monde tourne la tête dans sa direction.

C'est une curiosité bien naturelle quand on attend un miracle.

En l'occurrence, ce petit miracle est très poli. Il entre par la porte et essuie bien ses pieds avant d'entrer.

Arthur traverse le salon, en prenant soin de prendre les patins, et s'avance jusqu'à la table, où l'assistance l'attend comme le messie.

Arthur pose délicatement la soucoupe pleine de rubis devant Archibald.

La grand-mère retient son émotion, le grand-père son admiration.

Davido, quant à lui, retient sa respiration.

Arthur, lui, sourit, tout simplement. Il est heureux.

Archibald jubile. Il va enfin pouvoir s'amuser un peu.

— Alors !... dit-il en regardant les rubis, les bons comptes faisant les bons amis, commandement numéro cinquante... Il choisit un rubis et se décide pour le plus petit. Vous voilà payé !... rubis sur l'ongle ! ajoute-t-il en posant la petite pierre devant Davido, médusé.

Les deux policiers soupirent d'aise sans faire de bruit. Ils sont tellement soulagés par cet heureux dénouement.

La grand-mère pose un petit coffre à bijoux sur la table. Elle attrape la soucoupe et en vide le contenu à l'intérieur.

— Ils seront plus en sécurité là-dedans et en plus, je cherchais cette soucoupe depuis quatre ans ! dit-elle, avec humour, en récupérant l'assiette.

Archibald et Arthur laissent échapper un petit rire. Pas Davido. Il ne rit pas du tout, Davido.

— Monsieur, je vous dis adieu ! dit Archibald en se levant et en lui indiquant la sortie qu'il est prié de rejoindre.

Davido a les jambes coupées. Il est incapable de se lever.

Les deux policiers, pour ne pas alourdir la situation, saluent les grands-parents en portant la main à la casquette et se dirigent vers l'entrée, montrant ainsi l'exemple et le chemin.

Davido, dévasté, acculé, sent ses nerfs lâcher, les uns après les autres.

Un tic nerveux apparaît au coin de sa paupière et son œil se met à clignoter, comme s'il allait doubler. Tel un saoulard au volant atteint de folie.

Il n'est pas très long le chemin qui mène de la haine à la folie, et Davido semble maintenant prêt à le franchir.

Il ouvre sa veste et sort un pistolet de la Deuxième Guerre et, vu qu'on est en période de paix, personne n'hésite sur le sens à donner à ce geste.

— Personne ne bouge ! s'écrie-t-il.

Les deux policiers tentent bien un mouvement en direction de leur arme, mais sa folie l'a rendu très vif.

— Personne, j'ai dit !!! hurle-t-il à nouveau, plus convaincant que précédemment.

L'assistance en reste sans voix. Personne n'avait imaginé que cette crapule puisse aller jusque-là.

Davido profite de l'étonnement général pour glisser le petit coffre plein de rubis sous son bras.

— C'était donc pour ça que vous vouliez absolument notre terrain ? lui demande Archibald, qui commence à comprendre.

— Eh oui ! l'appât du gain ! encore et toujours ! ricane-t-il, le regard un peu fou.

— Comment saviez-vous que le jardin abritait ce trésor ? demande le grand-père, désireux d'éclaircir ce mystère.

— C'est vous qui me l'avez dit, bougre d'âne ! s'énerve Davido, son arme toujours pointée sur eux.

» Un soir, nous étions tous les deux au bar des Deux Rivières ! hurle-t-il, comme pour évacuer une pression trop longtemps contenue. Nous fêtions l'armistice et vous êtes parti dans vos histoires de ponts et de tunnels, d'Africains petits et grands, et surtout de trésor ! Des rubis que vous aviez ramenés d'Afrique et soigneusement enterrés dans le jardin ! Tellement bien rangés que vous étiez incapable de savoir où ! Ça vous faisait beaucoup rire et moi ça m'a fait pleurer toutes les nuits ! Je n'ai plus jamais fermé l'œil de la nuit, rien que de savoir que vous dormiez paisiblement sur un trésor, sans savoir où il était !

— Désolé d'avoir à ce point perturbé votre sommeil ! lui répond Archibald, froid comme un pic à glace.

— C'est pas grave ! Je vais me rattraper maintenant que j'ai le trésor ! C'est vous qui n'allez plus dormir ! assure Davido qui commence à reculer vers la sortie.

— Vous savez, Davido, ce n'est pas le trésor qui vous empêchait de dormir, c'est votre avidité.

— Mon avidité est aujourd'hui bien assouvie et je vous promets de bien dormir ! Je vais aller dormir aux Caraïbes ! L'Afrique, c'est pas mon truc ! répond la crapule, qui n'a pas vu les cinq lances que pointent dans son dos cinq Matassalaïs.

— L'argent ne fait pas le bonheur, Davido, c'est l'un des tout premiers commandements, et vous n'allez pas tarder à le comprendre ! dit Archibald, peiné de voir ce pauvre fou tomber dans un piège qu'il a tissé lui-même.

Les cinq lances picotent le dos du fuyard qui comprend que la chance est en train de tourner, comme un ciel tourne à l'orage.

Davido n'ose plus bouger et les deux policiers en profitent pour le désarmer.

Le chef africain récupère la boîte à bijoux, tandis que les policiers passent sans ménagement les menottes à Davido et le poussent vers la sortie.

Ils ne lui laissent pas le temps d'ajouter un seul mot. Même pas adieu.

Le chef matassalaï s'approche d'Archibald et lui confie la boîte à bijoux.

— La prochaine fois, range un peu mieux les cadeaux qu'on te fait ! lui dit le chef, avec un sourire immense.

— C'est promis ! répond Archibald qui sourit mais a bien retenu la leçon.

Arthur saute enfin dans les bras de sa grand-mère et profite pleinement de ce câlin bien mérité.

Pendant ce temps, la mère d'Arthur se prend des baffes, pas bien méchantes, mais des baffes quand même.

Il n'y a que ça qui pourrait la réveiller. Son mari passe un bras dans son dos pour la redresser.

La première chose qu'elle aperçoit en ouvrant les yeux, c'est Davido menottes aux poignets que les deux policiers jettent à l'arrière de leur voiture.

La mère fronce un peu les sourcils, persuadée d'être à nouveau dans un mauvais rêve.

— Ça va mieux chérie ?! lui demande gentiment son mari.

Elle ne répond pas tout de suite. Probablement pour voir si la voiture de police, toutes sirènes dehors, va s'envoler ou non dans le ciel.

La voiture fait beaucoup de poussière, mais reste bien sagement sur la route.

Elle est donc bien dans la réalité.

— Très bien ! finit-elle par répondre avec un peu de retard, avant de se lever et d'arranger un peu sa robe.

Elle regarde tous les trous que son mari a faits autour d'elle.

— Tout va très bien ! continue-t-elle, comme si de rien n'était.

Elle n'a visiblement pas retrouvé tous ses esprits, et ses diverses chutes ont dû lui abîmer le ciboulot.

— Je vais ranger un peu ! dit-elle, comme s'il s'agissait d'une cuisine.

Elle attrape sa pelle et commence à reboucher les trous.

Son mari la regarde, impuissant. Il finit par soupirer et s'asseoir au bord d'un trou. Il n'y a plus qu'à attendre et espérer que l'état de sa femme soit provisoire.

En attendant... c'est pratique ! ne peut-il s'empêcher de penser en voyant sa femme tasser la terre du premier trou qu'elle a fièrement rebouché.

17

Une semaine est passée depuis cette folle aventure. Le jardin est à peu près en état, le gravier du parking a été ratissé et les carreaux réparés.

La seule différence, c'est l'odeur. Un parfum coloré qui sort directement de la fenêtre de la cuisine.

La mamie soulève le couvercle de la cocotte et hume le fumet qui s'en échappe. Ça mijote depuis des heures et ça sent drôlement bon. Ça doit être pour ça qu'Alfred est assis bien sagement à côté de la cuisinière.

La grand-mère trempe sa cuiller en bois dans la marmite, puis goutte du bout des lèvres.

Vu le sourire de satisfaction qu'elle affiche, il n'y a pas de doute à avoir : c'est prêt.

Elle attrape la cocotte à l'aide de deux torchons et se dirige vers le salon.

Elle est accueillie par la clameur des affamés.

— Aaaahh ! chantonne la table, pour manifester son plaisir.

Archibald pousse les bouteilles pour faire de la place à cette belle cocotte toute neuve.

— Oh ! du cou de girafe ! mon plat préféré !!! s'exclame Archibald.

Aussitôt, sa fille commence à tourner de l'œil, mais son mari l'attrape au vol.

Elle a récupéré toute sa tête, mais c'est vrai qu'elle est encore un peu fragile.

— Je plaisante !!! s'esclaffe le grand-père tout en attrapant la bouteille de blanc.

— Tiens, ma fille ! bois un petit coup, ça pourra pas te faire de mal ! plaisante-t-il en remplissant son verre.

Il s'apprête à servir les cinq Matassalaïs qui poliment refusent. Ce n'est pas le cas des deux policiers. Toujours prêts à rendre service, surtout quand il s'agit de vider une bouteille, plaisante l'un d'eux.

La blague amuse tout le monde, surtout le père qui s'étrangle de rire.

Sa femme lui tape dans le dos et lui tend son verre de blanc. Le mari se l'envoie d'une seule traite, sans broncher. Ça va tout de suite mieux et il fait signe à sa femme d'arrêter de lui taper dans le dos. Il attrape la bouteille et en regarde l'étiquette. C'est du blanc maison, cuvée Archibald. Le degré se compte en dizaines. C'est le genre d'alcool qui débouche à peu près n'importe quoi.

On comprend mieux maintenant qui a appris aux Minimoys à fabriquer du Jack-fire.

La grand-mère fait le service et une délicieuse odeur de bœuf bourguignon envahit la pièce.

Tout le monde est copieusement servi et attend poliment que la maîtresse de maison ait fini son tour de table.

La dernière assiette est remplie, mais la chaise est vide.

— ... Où est Arthur ? demande soudain la grand-mère, qui n'avait rien remarqué, tellement elle était occupée par sa nouvelle cocotte.

— Il est parti se laver les mains. Il arrive tout de suite ! lui répond Archibald.

Ça sent la couverture à plein nez.

— Bon appétit ! lance-t-il, pour détourner la conversation.

— Bon appétit ! lui répond la table, en chœur, avant de se plonger dans le bourguignon.

Arthur n'est pas parti se laver les mains. Il est au premier étage.

Il sort de la chambre de sa grand-mère, une fameuse clé à la main. Il longe le couloir sur la pointe des pieds, en s'assurant qu'il n'est pas, cette fois-ci, suivi par Alfred.

Pas de risque. Le jour du bourguignon, Alfred n'est jamais à plus d'un mètre de la cocotte.

Arthur arrive devant la porte du grenier

d'Archibald et malgré le panneau qui précise que l'entrée est interdite, l'enfant glisse la clé dans la serrure.

La pièce est à nouveau pleine. Le bureau a réintégré sa place. Chaque bibelot, chaque masque a retrouvé son clou et encercle à nouveau la pièce. Les livres aussi ont de nouveau le plaisir de s'entasser les uns sur les autres.

Arthur avance doucement, comme pour mieux profiter de son plaisir. Il caresse le bureau en merisier, la grosse malle en peau de buffle et tous les masques avec lesquels il aimait tant s'amuser, avant que cette histoire ne commence. Tout ce bonheur retrouvé le rend tout chose. Un sentiment diffus, comme une tristesse. Un manque.

Il ouvre la fenêtre et laisse l'été envahir la pièce. Il met ses coudes sur le rebord et soupire en regardant le gros chêne, toujours caché derrière le nain de jardin. Au-dessus, dans le ciel d'azur, un croissant de lune s'offre timidement au soleil.

— ... Plus que neuf lunes, Sélénia... plus que neuf lunes..., finit-il par lâcher, nous renseignant ainsi sur la nature de sa tristesse. Ce n'était ni le bonheur, ni la nostalgie, ni même l'ennui. C'était tout simplement l'amour.

Le vrai. Celui qui vous affaiblit dès qu'il vous éloigne. Celui qui se compte en lunes et en millimètres.

— Tu m'as donné tes pouvoirs et pourtant je ne me suis jamais senti aussi faible. Peut-être ne marchent-ils que si je suis près de toi ? questionne Arthur, sans que personne ne puisse lui répondre.

Arthur reste un instant dans le silence, espérant qu'un écho attendri lui renvoie une réponse. Mais rien ne revient. Que le souffle de la brise dans les branches du gros chêne.

Arthur pose alors un baiser dans le creux de sa main puis souffle dessus en lui indiquant le chemin à suivre.

Le baiser virevolte en direction du chêne, passe agilement entre ses branches et vient se poser sur la joue de Sélénia.

La petite princesse est assise sur une feuille, et regarde Arthur à la fenêtre.

Une larme qui ne demandait qu'à tomber, glisse enfin sur sa joue.

— Je serai bientôt près de toi..., chuchote Arthur, mélancolique.

— ... J'attendrai..., lui répond Sélénia avec patience.

C'est, avec la sagesse, la deuxième chose que lui aura apprise cette aventure.

Fin

Découvre la suite des aventures d'Arthur dans le tome 3 :

LA VENGEANCE DE MALTAZARD

1

Ça y est. Un vent léger vient enfin de faire tourner l'éolienne. Elle n'en pouvait plus de cet immobilisme, de ce silence pesant. Alors elle prend plaisir à couiner, à grincer de partout, comme une vieille porte restée trop longtemps fermée. Les pales battent doucement l'air chaud. On dirait une cuiller dans une purée trop épaisse. Beaucoup d'oiseaux, trop paresseux pour se battre contre cet air trop lourd, avaient décidé de faire la sieste toute la journée, mais l'éolienne et son crissement mal accordé était le signal qu'ils attendaient. Les hirondelles, moins paresseuses que leurs congénères, et surtout plus joueuses, sont les premières à se jeter du fil électrique. Elles fondent vers le sol, histoire de prendre de la vitesse, puis redressent la trajectoire, à ras de terre, en s'appuyant sur l'air aussi épais qu'un marshmallow. Tout le monde attendait ce signal. « Si les hirondelles tiennent dans l'air, alors nous aussi ! » pensent les rouges-gorges, les coléoptères et autres insectes volants. Et tout ce petit monde commence à s'agiter et à sauter de branche en branche pour rejoindre le trafic.

Une magnifique abeille, dans sa belle robe à rayures, est repartie au travail et elle survole le jardin à la recherche d'une fleur qu'elle n'aurait pas déjà butinée. Mais la tâche est difficile car nous sommes à la fin de l'été. Le mois de septembre est déjà entamé et il ne reste presque aucune fleur qui ne se soit pas fait taxer. Mais l'abeille est travailleuse et elle arpente le jardin avec méthode, passant en revue les marguerites, les coquelicots et autres fleurs sauvages.

Comme la récolte est mauvaise et qu'il n'est pas question de rentrer à la ruche les mandibules vides, notre abeille décide de se rapprocher de la maison. On lui a dit cent fois que la zone était dangereuse et qu'il valait mieux l'éviter, mais une abeille prend toujours des risques quand son honneur est en jeu. La voilà donc qui s'approche timidement de cette maison, comme s'il s'agissait d'un temple maudit. Elle est bien loin de se douter que cette fermette est surtout le temple de l'amour et du bien-être, de la joie et de la bonne humeur, puisque c'est la maison d'Arthur.

Le grand balcon en bois a été repeint d'un bleu pâle, tellement doux qu'on ne serait pas étonné de voir un nuage venir s'y reposer. Le reste a subi une couche de blanc un peu plus brillant. Ça fait plus chic.

Notre abeille entre dans le patio couvert qui longe la façade. L'air y est plus agréable, et une vague odeur de peinture encore fraîche rend l'atmosphère plus agréable encore. La petite abeille en est toute grisée. Elle se laisse aller dans ce vent frais qui la balade doucement le long de la maison. Elle passe au-dessus d'un gros tas tout poilu, qui n'a ni queue ni tête. Mais au passage de l'abeille, l'animal dresse une oreille et bat de la queue pour dire bonjour, donnant par la même occasion un sens à cette chose. Le poilu ouvre un œil et regarde passer l'abeille. Un œil vitreux, paresseux, avec une pointe de malice enrobée d'une bonne couche de bêtise. Pas de doute, il s'agit bien d'Alfred, le chien d'Arthur. Il pousse un grand soupir et se rendort aussitôt. Même quand on parle de lui, ça le fatigue.

Notre abeille a tourné à l'angle de la maison, laissant Alfred à son destin, celui de devenir paillasson, plutôt que chien de chasse. L'insecte est de plus en plus grisé par cette odeur envoûtante de peinture fraîche. Les murs luisent comme des mirages et l'air glisse dessus comme sur un toboggan. Elle ne comprend pas bien pourquoi cet endroit a si mauvaise réputation alors que tout semble être fait pour vous y accueillir. Par contre, il n'y a aucune fleur à l'horizon. Mais l'abeille semble un peu avoir oublié sa mission.

Tout à coup, elle tombe sur un trésor. Là, sur la balustrade en bois qui longe la maison, il y a un petit tas gélatineux, brillant au soleil, appétissant à souhait. Elle s'approche et se pose à côté. Elle n'en croit pas ses yeux à facettes. Une montagne de pistils fermentés, sucrés à mort, prêts au transport. Chez elle, on appelle ça un miracle. Chez nous, on appelle ça plus modestement de la confiture.

La jeune abeille, comme hypnotisée par tant de richesses, écarte ses pattes pour s'installer confortablement et commence à pomper, mieux qu'un aspirateur. Ses joues se gonflent, son abdomen se contorsionne pour stocker au mieux cet incroyable trésor. Il lui faudrait butiner des centaines de fleurs pour rapporter à la ruche autant de liqueur. Elle était partie en simple travailleuse, elle allait revenir en héroïne nationale, évitant à tout un peuple des jours entiers de travail. On allait l'acclamer, la porter en triomphe. La reine elle-même allait devoir la féliciter, même si elle n'apprécie guère que l'on sorte ainsi des rangs.

« Les actes individuels sont contraires à l'équilibre du groupe », se plaît à dire cette grande reine obnubilée par l'esprit de famille dont elle a fait sa cause. Mais notre abeille, grisée par l'abondance et le sucre, n'en a que faire. Elle sera reine d'un jour et cette pensée l'encourage à pomper davantage. Comment peut-on qualifier cet endroit de temple maudit, quand tout n'y est que beauté et abondance ?

La petite abeille rêve toute seule, tellement fière de sa découverte. Un sentiment de bonheur absolu l'envahit, un sentiment qui l'empêche de voir cette ombre gigantesque qui la couvre peu à peu. Une ombre, en forme de cercle, trop parfaite pour être celle d'un nuage. Soudain l'ombre s'agrandit et, avant même que l'abeille n'ait pu s'en rendre compte, un verre s'abat sur elle dans un claquement sourd et diabolique. L'insecte décolle en catastrophe, mais se heurte aussitôt contre la paroi en verre. Impossible de sortir. L'air libre est pourtant là, elle peut le voir à travers cette matière qui la retient prisonnière. Elle cherche ailleurs, mais se cogne partout. Il n'y a pas de sortie dans ce piège qui lui permet à peine de décoller. Il faut dire que son abdomen rempli de confiture lui laisse peu de liberté de manœuvre. Bientôt, l'air commence à lui manquer et son paradis se transforme peu à peu en enfer.

On l'avait pourtant prévenue de ne pas venir dans cet endroit et elle comprend maintenant pourquoi on le dit maléfique. On aurait dû lui préciser que ce n'est pas l'endroit en lui-même qui est dangereux, mais ceux qui l'habitent et qu'on appelle communément les « hommes ». Et notre abeille n'a apparemment pas de chance aujourd'hui, elle est tombée sur le plus bête d'entre tous : Armand, le père d'Arthur.

L'homme regarde l'abeille prise au piège sous son verre et pousse un cri de joie, comme s'il avait pêché une carpe d'une tonne.

Le chien Alfred se réveille en sursaut. Un cri d'Armand, fût-ce de bonheur, n'est jamais une bonne nouvelle. Alfred se secoue un peu, histoire d'être plus présentable et trottine jusqu'à l'angle. Il découvre le père hurlant de joie au rythme d'une danse, vaguement indienne, signifiant probablement sa victoire. Mais les signaux ne sont pas très clairs et Alfred donne une autre explication aux contorsions de cet homme : selon lui, il a marché sur un clou. Il n'y a pas de doute à avoir. Quoiqu'il sourie beaucoup pour un homme qui est censé se tordre de douleur.

— Chérie ?! viens vite ! Je l'ai eue ! je l'ai eue ! hurle-t-il dans aucune direction précise.

Sa femme apparaît à l'angle opposé de la maison. Elle s'était cachée là et attendait patiemment que son mari l'autorise à sortir.

Alfred pousse un cri en la voyant arriver. Pas que la jeune femme soit vilaine, bien au contraire, mais il ne l'a tout simplement pas reconnue. Il n'y a d'ailleurs que son mari qui soit capable de la reconnaître dans cet accoutrement. On dirait un épouvantail habillé pour l'hiver, coiffé d'un casque en grillage qui lui gobe la tête et la protège des abeilles et de tout ce qui vole, par la même occasion. Même un filet d'air hésiterait à passer au travers de l'engin.

Elle ajuste son casque pour voir où elle marche, ce qui n'est jamais facile quand on porte des moufles de cuisine.

— Bravo, chéri ! Où ça ? Où ça ? scande-t-elle à travers l'épais grillage qui l'empêche de faire la différence entre un homme et un chien.

C'est donc sans hésiter qu'elle marche sur la queue de ce dernier. Alfred hurle à pleins poumons et fait un bond sur le côté.

— Oh ! pardon, chéri ! Je t'ai marché sur le pied ? s'enquiert la pauvre femme.

— Non, non, c'est rien ! C'était juste la queue du chien ! dit Armand négligemment, jamais dérangé par la douleur des autres. Regarde plutôt comme mon piège a marché à merveille !

Sa femme attrape son casque et approche son visage du grillage. À l'intérieur du verre, elle aperçoit la pauvre abeille qui se cogne encore et encore à la paroi. Ses forces commencent à l'abandonner. L'espoir aussi. La brave femme éprouve une certaine peine devant la détresse de ce petit animal piégé, humilié et à bout de forces.

— T'as vu ?! Je l'ai bien eue ! lance fièrement Armand, avec un sourire qui en dit long sur sa perception des choses.

— Oui, c'est… c'est bien, balbutie-t-elle, mais… elle doit souffrir, non ?

Son mari hausse les épaules.

— Ça n'a pas de centre nerveux, ces bêtes-là ! Elles ne sentent rien. Sûrement parce qu'elles n'ont pas de cerveau ! Donc elles peuvent pas faire la différence entre ce qui fait du bien et ce qui fait du mal !

« C'est à se demander s'il en a un, de cerveau », s'interroge Alfred, atterré par la bêtise de cet homme. « Comment fait-il alors pour tenir sur ses pattes arrière ?! » se demande le chien, qui ne déborde pas non plus d'intelligence.

— Tu es sûr qu'elle ne souffre pas ? demande quand même la femme en regardant l'abeille qui gît dans l'assiette, une patte prisonnière de la confiture.

— T'inquiète pas ! Si elle souffre, elle va pas souffrir longtemps ! Va me chercher la bombe !

Un petit frisson parcourt la femme. Même chose chez Alfred. C'est qu'il ne plaisante pas cet homme-là. Il est vraiment en route pour un génocide. Sa femme s'apprête à défendre la cause de la pauvre abeille, mais se ravise quand elle croise le regard haineux de son mari, rivé sur l'insecte. Résignée, elle se dirige vers la maison. Alfred ne peut pas rester là sans rien faire, sans rien tenter. Il en va de sa dignité. La solidarité animale est en jeu. Il part donc à toute allure et saute la balustrade avec une élégance insoupçonnée. C'est vrai qu'à force de le voir roupiller, on l'avait plutôt rangé dans la famille des marmottes que dans celle des kangourous. Quoi qu'il en soit, Alfred dévale le jardin et s'enfonce d'un seul coup dans l'épaisse forêt qui borde la propriété.

Il part chercher du secours auprès de la seule personne qui puisse résoudre un drame de cette importance. Un homme exceptionnel qui sait faire face à toutes les situations, un aventurier aux mille et un exploits, aimé de tous et craint par les autres.

En un mot : son maître, Arthur.

2

Il fait bien sombre à l'intérieur de la tente traditionnelle des Bogo-Matassalaïs. Seul un trait de lumière indique l'entrée, découpée à même le tissu. L'édifice est tout en hauteur. Cinq morceaux de bois, longs et fins, croisés au sommet et retenant une grande toile composée en réalité d'une multitude de peaux de bêtes, soigneusement cousues les unes aux autres. Ces peaux furent bien sûr récupérées sur des animaux morts de mort naturelle. Les peaux cousues au sommet proviennent des compagnons les plus fidèles, comme Zabo le zébu, qui protégea le clan pendant plus de trente ans. Mais le clan est loin aujourd'hui, et la toile n'abrite plus que cinq guerriers.

Ils sont tous réunis autour du feu. Toujours aussi grands (deux mètres trente-cinq de moyenne) et toujours aussi beaux. Leur coiffe magnifique semble avoir moins de coquillages et de plumes que d'habitude. C'est la tradition à l'approche de l'automne. Plus les feuilles tombent des arbres, plus les Matassalaïs enlèvent de plumes sur leurs coiffes. Perdre ses feuilles est toujours un traumatisme pour un arbre. Les guerriers montrent ainsi leur solidarité en perdant aussi quelques plumes. Les arbres se sentent ainsi moins honteux.

Les cinq Matassalaïs étendent leurs bras et attrapent les mains de leurs voisins.

— Hum ! un peu plus bas, s'il vous plaît, chuchote un petit bonhomme, assis en tailleur, un mètre cinquante plus bas que les autres.

Un petit bonhomme au visage bariolé de peintures de guerre et à l'étrange chapeau, composé d'un gros coquillage et de trois plumes. Cela pourrait être n'importe quel petit bonhomme, mais des petites taches de rousseur percent sous la peinture guerrière. Des petites taches de rousseur que l'on reconnaîtrait entre mille.

— Excuse-nous, Arthur, nous avions la tête ailleurs, avoue le chef de la tribu.

Les guerriers sourient au petit garçon et lui attrapent les mains afin d'agrandir le cercle. Tous prennent ensuite une longue et profonde inspiration, puis d'un même souffle vident leurs poumons sur le feu qui s'en réjouit. Rapidement, Arthur n'a plus rien à expirer, alors il inspire discrètement une autre goulée d'air et souffle à nouveau. Il sera obligé de s'y reprendre à trois fois pour finir en même temps que les grands guerriers. À croire qu'ils ont avalé des bonbonnes d'oxygène.

— Bien, très bien, lâche le chef, satisfait de cette introduction. Maintenant, le grand livre.

L'un des guerriers attrape l'ouvrage finement relié d'un cuir centenaire et le passe avec précaution à son chef qui l'ouvre en son milieu.

— Aujourd'hui, cent trente-septième jour du calendrier sélenniel, la fleur du jour est la marguerite, et nous allons l'honorer.

Sans attendre, chacun des guerriers, Arthur y compris, jette une marguerite dans le petit pot de terre qui chauffe sur le feu. L'eau frétille et les marguerites se ramollissent.

Arthur regarde la mixture se préparer, curieux et dégoûté à la fois. Même si cela sonne bien, la « soupe de marguerites » ne fait pas partie de ses plats préférés.

À l'aide d'une louche en bois, visiblement taillée à la main, le chef sert un plein bol de la soupe du jour à Arthur. L'enfant grimace un merci à peine audible.

— Le proverbe du jour ! annonce le chef en lisant la page de droite du grand livre. « La nature te nourrit tous les jours. Un jour tu nourriras la nature. Ainsi le veut le grand cercle de la vie. »

« Pour l'éditeur, le principe est d'utiliser des papiers composés de fibres naturelles, renouvelables, recyclables et fabriquées à partir de bois issus de forêts qui adoptent un système d'aménagement durable. En outre, l'éditeur attend de ses fournisseurs de papier qu'ils s'inscrivent dans une démarche de certification environnementale reconnue. »

Composition PCA - 44400 Rezé

Achevé d'imprimer en Italie par Canale SpA
32.10.2833.5/01 - ISBN : 978-2-01-322833-6
Loi n° 49-956 du 16 juillet 1949 sur les publications destinées à la jeunesse
Dépôt légal : novembre 2009